GW01402685

Milton Keynes UK
Ingram Content Group UK Ltd.
UKHW030915121124
451094UK00001B/38

9 789367 953235

قرية وادي بات المفقودة

(رواية مغامرات الأطفال)

Translated to Arabic from the English
version of The Lost Village of Wadi Bat

Santhosh Gangadharan

Ukiyoto Publishing

المحتويات

1

مقدمة

راودني حلم.

البركة في منتصف الغابة. كنت أقف على الحافة عندما خرج الطائر الضخم الذي يشبه الغراب الأسود من الماء. مذهول، لقد انزلقت. عندما انزلقت، تمسكت بالطائر الصاعد.

ورأيت القرية المفقودة. العديد من الأكواخ المتهدمة متناثرة حولها ورجل ضعيف يطعم الطيور الضخمة. عندما عدت، حذرني، "دع هذه القرية المفقودة تظل سراً، خشية أن ينهب العالم الحديث صفاءها وجمالها".

استيقظت في منتصف الليل. كان الحلم محفورًا بوضوح في ذهني.

لقد كان حلماً جميلاً لدرجة أنني حولته إلى قصة قصيرة. لكن هذا لم يكن كافيًا لاستيعاب التأثير الكامل لمعنى الحلم. قررت أن أحولها إلى رواية – رواية للأطفال الذين يحبون المغامرة.

اضطررت إلى إنشاء قرية. في رأيي، كان أفضل مكان هو البلد الذي قضيت فيه أكثر من عقدين من الزمن – هدية عودة للحب والمودة التي أمطرتني بها هذه البلاد وشعبها. وضعت القصة في قرية الضبعين.

تم إنشاء الشخصيات الرئيسية فيقريتي الضبعين دون أي إشارة إلى أهل الضبعين.

- درويش ونرجس مع طفلين، ناصر وزينب
- سليمان وفاطمة مع ثلاثة أطفال، يسرى وهيثم وبشرى. سليمان ماهر في الزراعة.
- الشيخ أحمد ومريم مع خمسة أطفال

- محمد ونهلة مع ثلاثة أطفال، طلال وماخيا ونورا. يدير محمد مخبزاً في القرية.

- الإمام الصادق

- عباس والنهضة مع طفلين، آسيا وجاسم. عباس شرطي والنهضة معلمة مدرسة.

- بدر وسكينة مع خمسة أطفال، هاجر وعبد الله وماجد ومازن ودلال. يقود بدر سيارة أجرة خاصة به.

- عبد الله وراضية مع طفلين، ريم ورازيا. عبد الله مدرس.

- حبيب وصفا مع ستة أطفال. يدير حبيب متجر بقالة خاص به في القرية.

- الرجل العجوز علي.

إنها تشكل جوهر القصة.

أشكر صديقي ناصر من الضبعينالذي أخذني إلى ملتقى وادي الوطواط ووادي الضبعينالذي أشعل مخيلتي.

آمل أن يحب الأطفال، وخاصة من عمان، هذه القصة التي تدور أحداثها في فنائهم الخلفي.

أنا ممتن للدكتور شوبا جو والسيدة شانتي شاندران والسيدة سوفارنا سوريش على توجيهاتهم القيمة في وضع اللمسات الأخيرة على نص هذه الرواية.

أقر *https://balqees.com/the-story-of-the-precious-sidr-tree* بالمعلومات المتعلقة بأشجار السدر.

مع الحب والاحترام لجلالة السلطان الراحل قابوس وجلالة السلطان هيثم بن طارق ومحبي سلطنة عمان،

سانثوش جانجاداران

الفصل الأول
الفتاة التي كان لديها حلم

فتحت زينب عينيها. كان المكان مظلمًا في كل مكان. كيف يمكن أن تتوقع رؤية الضوء داخل البركة! لكنها لم تكن مبللة. لم تغرق.

نهضت من سريرها. كان كل ذلك حلماً غريباً. الآن عرفت سبب إزعاجها خلال الأيام العديدة الماضية. كان نفس الحلم يتبعها. لم تستطع أبدًا تذكر ما رأته. لكن الآن أصبح كل شيء واضحًا لها.

كانت لا تزال مظلمة. نظرت إلى ساعة السرير. كانوا ثلاثة فقط. كالعادة كان عليها أن تستيقظ في ساعة أخرى. أغمضت عينيها.

لم تكن الأرض المحيطة مألوفة لها. كان مكانًا لم تذهب إليه أبدًا. كانت هناك بعض المنازل المتهالكة المبنية بالطوب الطيني التي ذكرتها ببرج المراقبة القديم عند مدخل قريتها. *قالت: "يجب أن تكون قديمة جدًا".* لم يكن هناك أحد يمكن رؤيته في الجوار.

ثم رأت البركة المشؤومة. احتوت على مساحة شاسعة من المياه التي بدت خضراء البحر. على الرغم من أن الماء بدا واضحًا على السطح، إلا أنها استطاعت أن ترى أن البركة كانت عميقة ومظلمة.

شعرت بوجود شيء شرير كامن في الداخل. وفجأة ظهرت تموجات على السطح وارتفعت المياه. حاولت الابتعاد على عجل وانزلقت إلى البركة.

ارتجفت ونهضت من سريرها. التفكير في الحلم أصابها بقشعريرة. هل كان الرعب أم الإثارة ؟

"إنه مجرد حلم". أخبرها عقلها أن تفكر بإيجابية وأن تكون متحمسة بدلاً من أن يرهبها الحلم. يجب أن تناقش حلمها مع شقيقها ناصر. كان هو الذي أخبرها دائمًا أن تفكر بإيجابية لإخماد أي شرارات سلبية في ذهنها.

كلما شعرت زينب بالملل، كان ناصر يخبرها عن والدتهما. كانت قد رفضت الزواج مرة أخرى بعد اختفاء والدهما. سيدة شجاعة. ضحت بكل متعة في الحياة فقط لضمان نمو طفليها بشكل جيد. كانا يعرفان أن والدتهما كانت تأمل دائمًا أن يعود زوجها.

لم تر زينب والدها من قبل. لم يعد معهم بحلول الوقت الذي جاءت فيه إلى هذا العالم. لطالما ملأتها قصة والدتها بالثقة بالنفس والعزيمة. إذا كانت والدتها قادرة على التغلب على جميع الصعوبات في حياتها، فلماذا لا تكون إيجابية مثل والدتها! استمد ناصر أيضًا طاقته للمثابرة من والدته.

ابتسمت زينب. علمتها والدتها أن تستيقظ في الصباح بابتسامة. تبعث الابتسامة دائمًا اهتزازات إيجابية.

كانت زينب من قرية صغيرة سميت على اسم وادي الضبعينالذي كان يتدفق في مكان قريب. كانت على بعد حوالي ستين كيلومتراً من مدينة صحار الكبيرة. كانت القرية قد نشأت في الماضي بينما جعل الوادي الأرض خصبة. على الرغم من أن الوادي قد جف، إلا أن الآبار وفرت المياه للري.

قضى ناصر وقت فراغه في مزرعته. كان يزرع الملفوف والقرنبيط والفليفلة والفلفل الحار والطماطم والموز. تم توظيفه كسائق في إحدى الشركات في صحار. في الآونة الأخيرة تم تكليفه بواجب إضافي كضابط علاقات عامة. لم يرفض أبدًا أي عمل وهذا جعله مفضلًا لدى الإدارة. اعتبر جميع الأعمال الإلهية كما علمته والدته. كان قضاء الوقت في المزرعة هو طريقته في الاسترخاء.

كانت عطلة لناصر وكان على وشك الذهاب إلى مزرعته عندما اقتربت منه أخته الصغيرة الحلوة زينب. كانت هناك فجوة عمرية بينهما تبلغ عشر سنوات وكان يعشق أخته. كان في العشرين من عمره وكانت والدته تحثه على الزواج. لكنه لم يكن مستعدًا بعد. كان ينتظر حتى يجد فتاة تحب عائلته كما فعل.

قالت زينب لناصر: "راودني حلم غريب أمس". "ربما يجب أن أنسى ذلك. لكنني أردت مشاركتها معك قبل أن أنام عليها ".

"ستبقى الأحلام كأحلام إذا لم تلاحقها بقلبك. عادة كل ليلة قد ترى الأحلام وبحلول الوقت الذي تستيقظ فيه، لن يكون لديك دائمًا أي فكرة عما رأيته في نومك. إذا كنت قادرًا على تذكر حلم، فمن المؤكد أنه يجب أن يكون هناك هدف وراءه ". وجد ناصر دائمًا الوقت لتشجيع أخته الصغيرة على أن تكون عملية في حياتها. هذا ما علمته إياه والدته.

"هل أنت في عجلة من أمرك للذهاب إلى المزرعة ؟"

"لا أكون مشغولًا أبدًا عندما تريد أختي الحلوة شيئًا مني. دعنا نسير إلى المزرعة معًا وفي الطريق، يمكننا مناقشة حلمك بالتفصيل. المشي يرخي أطرافك ويجعل عقلك يعمل بطريقة مريحة ".

اتصلت زينب بوالدتها لتقول إنها ذاهبة إلى المزرعة مع ناصر ثم مضوا قدمًا.

"أخبريني الآن يا زينو الحبيبة". أمسك ناصر بيد زينب أثناء سيرهما معًا.

"كنت في مكان لم أذهب إليه من قبل. بدا أنه تطهير في وسط غابة سميكة. كان هناك العديد من المنازل الطينية المحطمة مما يشير إلى أنه كان هناك أشخاص يعيشون هناك. ثم رأيت هذه البركة التي كانت في أعماقها. على الرغم من أن الماء كان نقيًا على السطح، إلا أنه كان مظلمًا تحته ". أغمضت زينب عينيها لتتذكر ما رأته في حلمها. "ثم حدث ذلك. تحرك الماء وخرج شيء عملاق يشبه الطيور. كان أسود مثل الغراب ولكن كان له جناح واسع مثل الطريق السريع إلى مسقط. كانت سيقانها عظمية والمنقار طويل ومدبب ".

"يبدو أنك شاهدت فيلمًا عن مخلوقات مجنحة من عصور ما قبل التاريخ." ابتسم لها ناصر.

"كنت سأتركها هناك. لكن الحلم لم يتوقف عند هذا الحد. بينما كان الطائر يرتفع، انزلقت وانزلقت نحوه. دفعت الطائر مرة أخرى إلى الماء وغرقت معه أيضًا. عندها استيقظت ".

أشرق وجه زينب من الإثارة وهي تتذكر تلك اللحظات داخل البركة بينما كانت عيناها متناغمتين مع الظلام.

عرف ناصر أن أخته لم تكن خائفة. كانت مليئة بالإثارة.

"هل رأيت أي شيء داخل الماء ؟"

"هذا ما آتي إليه. لا أستطيع تذكر كل التفاصيل. لكنني متأكد من أنها كانت قرية قديمة لا تزال مدفونة تحت الماء ". كان صوتها مفعمًا بالبهجة.

"يذكرني بمدينة أتلانتس المفقودة. لم أسمع عن أي قرى مفقودة في بلدنا. على الرغم من أننا نعلم أن الحضارة العمانية تعود إلى 2000 إلى 3000 عام بناءً على المقابر على الجبال في لوى أو مقابر خلايا النحل في الخفافيش والعديد من المواقع الأخرى في صلالة وأماكن أخرى، إلا أنه لم يكن هناك أي ذكر لقرية مفقودة ". كان ناصر بارعًا في علم الآثار الذي التقطه فقط بسبب فضوله الذي تحول لاحقًا إلى شغفه.

"أنا متأكد من أنه يجب أن يكون في مكان ما في الجوار. ربما لم نكن نعرف ذلك أبدًا لأن أياً منا لم يكن مهتمًا باستكشاف المناطق القريبة. يجب أن نذهب للصيد بحثًا عن أدلة ". نظرت زينب إلى شقيقها بفارغ الصبر.

"سنتجول بالتأكيد، زينو. هل سبق لي أن رفضت أياً من رغباتك ؟"

"أعلم. لهذا السبب أردت أن أخبرك عن حلمي. هناك شيء أكثر من ذلك ". توقفت زينب في مسارها ونظرت إلى وجه ناصر لترى رده.

تفاجأ ناصر. ما هو أكثر من هذا الخيال أن أخته الصغيرة كانت تنسج!

"صحيح أنني استيقظت من نومي عند منعطف الغرق في البركة. أخبرتك أنني رأيت هذا الحلم عدة مرات. الآن أتذكر بوضوح أنه في أحد أحلامي السابقة، رأيت رجلاً عجوزاً بين تلك المنازل الطينية في الفسحة. كان يطعم هذه المخلوقات الضخمة الشبيهة بالطيور ". كانت زينب منتشية وهي تروي لقاءها مع رجل الطائر.

"من كان ؟ هل تتذكر وجهه ؟"

"أتذكر وجهه بشكل غامض. أنا متأكد من أنني رأيته في مكان ما من قبل. أنا لست قادرا على وضع إصبعي على الرغم من ذلك. ربما ستصلني قريباً ".

لقد وصلوا إلى مزرعتهم. جعل مشهد النباتات المتمايلة في النسيم زينب تنسى كل شيء آخر وهي تركض نحوها. لطالما أحبت هذه النباتات في مزرعة أخيها. استمتعت بلمس الثمار والتحدث إليها. كانوا أصدقائها.

فتح ناصر الصمام على الأنبوب وتدفق الماء على طول القنوات الضيقة في جميع أنحاء المزرعة. تم توفير نظام الفلج الذي يجلب المياه من وادي الضبعينالبعيد من قبل الحكومة لأغراض الري في القرى الواقعة أسفل مجرى النهر. وقد ساعد ذلك المزارعين في سقي مزارعهم.

الفصل الثاني
في السعي لتحقيق الحلم

كانوا قد غادروا منزلهم بعد الإفطار. بحلول الوقت الذي عادوا فيه إلى المنزل كان وقت الغداء. بعد أن انتعشا جلسا مع والدتهما على طاولة الطعام. لطالما حرصا على تناول الطعام معًا. بالنسبة لنرجس، كان طفلاها هما عالمها.

أثناء تناول الطعام، أخبر ناصر والدته عن النباتات في المزرعة. ثم نظر إلى زينب للحصول على إذنها للحديث عن الحلم الغريب. بمجرد أن حصل على إيماءة من أخته، بدأ يشرح بالتفصيل ما ناقشوه في الطريق إلى المزرعة.

تنهدت نرجس بعمق ونظرت إلى زينب. "أنت مثل..." قبل أن تتمكن زينب من إكمال دفع كرسيها للخلف ونهض على عجل. ركضت إلى غرفة الرسم.

كان ناصر في حيرة من أمره. ما الذي حدث لأخته ؟ لم يكن من المألوف لها أن تندفع من على طاولة الطعام. ذهب وراء زينب.

كانت تحدق في الصور المعلقة على جدار غرفة الرسم.

"هذا هو الرجل الذي رأيته في الغابة. كان هو الذي يطعم تلك الطيور!" كانت تشير إلى الشاب الوسيم الذي يقف مع نرجس.

"هذا والدنا، زينو!"

"نعم. رأيت والدنا في حلمي. كان هو صاحب الطيور. أنا متأكد من ذلك. إنه هناك في تلك القرية المفقودة "،صرخت زينب.

أمسك ناصر بزينب وأخذها إلى غرفة الطعام. بعد تهدئتها، واصلوا تناول طعام الغداء.

"كان والدك هكذا. كان يحب الطبيعة. كان ضد القيام بأي شيء من شأنه أن يضر بيئتنا. بقي في هذه القرية الخضراء على

الرغم من أنه عُرض عليه وظيفة حكومية في مسقط ". نظرت نرجس إلى ابنتها الصغيرة. تعثر صوتها بينما امتلأ عقلها بأفكار زوجها المحب. "ناصر، لقد حصلت على سمة حب محيطنا وقضاء بعض الوقت مع النباتات والحيوانات من والدك."

"وما الذي حصلت عليه من والدي ؟" سألت زينب والدتها بفضول.

كانت نرجس تبتسم: "فن الحلم". "اعتاد والدك أن يحلم كثيرًا. سافر بشكل رئيسي في منطقة الغابة حيث لم يغامر الآخرون بالذهاب. ولكن أينما ذهب، كان يعود إلي بحلول الليل. كان يحب أن يروي مغامراته مع النباتات والحشرات والفراشات والحيوانات ".

"زينو، سنذهب غدًا لرؤية بعض الأماكن التي توجد فيها برك أو أودية مماثلة لما رأيته في حلمك. لكنني لا أعتقد أنك ستجد الطائر الضخم في أي مكان في عمان ". بضحكة قلبية ربت ناصر على ظهر أخته.

"يجب أن تبدأ في الصباح الباكر حتى تتمكن من العودة إلى المنزل قبل غروب الشمس. لا تقلقني بالتأخر في المساء. عدني أنك ستعود قبل حلول الظلام ". حذرت نرجس أطفالها.

نهضت زينب وعانقت والدتها. "أمي، كيف يمكننا النوم بدونك! ونحن نعلم أنه لا يمكنك النوم بدوننا. علينا أن نعود قبل غروب الشمس بكثير ".

كان ناصر قد فكر في استكشاف قرية الزهيمي حيث كانت هناك شجرة مشواة عمرها قرون يبلغ قطرها حوالي عشرة أمتار. كان هناك وادي أمامه. الآن كان جافًا. على بعد قليل من ذلك كانت هناك بعض برك المياه. لكن هذه المناطق كانت مأهولة بالعديد من القرويين. بدلا من الزحيمي، بات سيكون رهان أفضل لتتناسب مع حلم زينب. قرر أن يأخذها إلى بات في اليوم التالي.

بحلول الساعة السابعة صباحًا، كان الأخ والأخت في طريقهما في سيارة ناصر لاكتشاف الصور من حلم زينب. كان لدى

نرجس وجبات خفيفة وماء وعصير فواكه إلى جانب علبتين من *البرياني* العطري لتناول طعام الغداء. ذكّرتهم بالعودة قبل غروب الشمس.

كانت زينب متحمسة. كانت تتطلع إلى العثور على قرية حلمها المفقودة وتأوي أملًا ضعيفًا في مقابلة والدها. وإلا، لماذا يجب أن يظهر في حلمها مرارًا وتكرارًا ؟

"زينو، سنذهب إلى هذا المكان المسمى بات الذي يبعد حوالي خمسة عشر كيلومترًا من هنا. الطريق ليس جيدًا. سيستغرق الوصول إلى هناك حوالي نصف ساعة. على أي حال، لا داعي لأن نكون في عجلة من أمرنا. كانت هناك بعض المسابح الجميلة في تلك التضاريس الصخرية. دعونا ننظر إلى تلك لمعرفة ما إذا كانت تشبه ما رأيته في حلمك ".

"أنا متحمسة. لنرَ ما يخبئه لنا هذا المسكن. أتذكر أنك تحدثت معي عن مكان يحمل اسمًا مشابهًا كان موقعًا أثريًا في مكان ما خارج عبري ".

"هذا صحيح. هذا يختلف عن ذلك الخفاش الذي أصبح مشهورًا بسبب مقابر خلية النحل القديمة. قرية بات الصغيرة القريبة منا غير معروفة للكثيرين. وبما أنها بعيدة عن القرى المأهولة بالسكان، فإن السياح لا يترددون عليها. من الأفضل أن تظل كذلك خشية أن يتعرض المكان للضرب من قبل أشخاص لا يهتمون بالأرض التي تمنحنا الحياة ".

شعرت زينب بالفخر لأن شقيقها كان يعرف الكثير من الأشياء إلى جانب القلق بشأن العالم الذي يعيشون فيه.

تحدث ناصر عن الطبيعة وأنواع التربة والأحجار المختلفة التي شوهدت في طريقهم. سرعان ما وصلوا إلى المكان الذي انتهى فيه الطريق المتنقل. أوقف السيارة وخرجوا بحقيبتهم. بدأت رحلتهم سعياً وراء حلم زينب.

وبينما كانوا يسيرون بين الحجارة والشجيرات، ظل ناصر يحذر أخته الصغيرة من توخي الحذر. كانت مفتونة بجمال الطبيعة الوفير الذي أنعم الله به على بلادهم. اجتازوا بالتوازي مع الوادي الجاف. على الرغم من أن الوادي كان جافًا، إلا أن العشب والشجيرات كانت وفيرة فوقه بسبب الأمطار الأخيرة.

كانوا قد مشوا لمدة خمسة عشر دقيقة عندما سمعوا رذاذ الماء. وسرعان ما وصلوا إلى موقع البرك الصغيرة من مياه البحر الزرقاء بين الصخور العمودية الضخمة.

كانت تضاريسها صخرية بشكل أساسي مع القليل من الغطاء النباتي. لم تكن المسابح عميقة للغاية. لكنها كانت بالتأكيد بقعة نزهة ذات مناظر خلابة. إذا علم الناس بذلك، فسيتم تدميره قريبًا بمئات السياح بالتأكيد.

"هل تدق هذه المنطقة جرسًا في عقلك ؟" سأل ناصر أخته.

"لا أعتقد أن هذه هي البركة التي رأيتها. كما قلت كانت هناك شجيرات طويلة حول تلك المنطقة. كان الأمر أشبه بتطهير وسط غابة. لم تكن البركة ودودة مثل هذه المسابح ". تذكرت زينب الصور المضمنة في عقلها.

"حسنًا، دعونا نستمر في السير إلى الداخل. تبدو المنطقة التي أمامنا غير مأهولة بالسكان على الإطلاق ويمكن أن تجلب المزيد من الإثارة لبحثنا عن القرية المفقودة ". كان ناصر جادًا مازحا. على الرغم من أنه كان لديه شعور بأنهم كانوا في مطاردة برية، إلا أنه لم يرغب في تثبيط شقيقته. كان يعلم أن زينب تؤمن إيمانًا راسخًا بحلمها وتتطلع إلى مقابلة والدهما المفقود بدلاً من القرية.

استمروا في المضي قدمًا. أصبح الطريق خطيرًا بشكل خائن مع تناثر الحجارة الصغيرة حول التربة التي تفسح المجال أمام الصخور الكبيرة. لم يعد بإمكانهم رؤية أي علامات على الوادي. أمسك ناصر بيد زينب خوفًا من أن تتعثر في خطواتها فوق الصخور.

توقفوا بينهما للاسترخاء وإرواء عطشهم. جلسوا على الصخرة للاستمتاع بالسامبوزا اللذيذة التي صنعتها والدتهم. وبمجرد تجديد طاقتهم، استأنفوا رحلتهم.

أثناء تحركهم، أفسحت التضاريس الصخرية الطريق إلى اليابسة السهلة ذات الغطاء النباتي الكثيف. هذا عندما توقفت زينب في مسارها وأشارت إلى الأمام مباشرة، "هذا يشبه تقريبًا ما رأيته في أحلامي. أنا متأكد من أن الفسحة يجب أن تكون داخل هذا ".

"يبدو خطيراً يا زينو. قد يكون الدخول إلى هذه النباتات الكثيفة بمفردنا أمرًا أحمق. ربما يجب أن نعود ونأتي مع بعض الشيوخ من قريتنا. يمكننا التحدث إلى الشيخ أحمد وسيأتي معنا بالتأكيد. إنه رجل يحترم الطبيعة ويحبها كثيرًا ". كان ناصر متشككًا بعض الشيء بشأن الذهاب إلى منطقة مجهولة. لو كان بمفرده، لما فكر مرتين في المغامرة بالدخول. لكنه كان خائفاً على أخته الصغيرة. لم يكن يريد تعريضها للخطر.

"لا! لا أريد أن يأتي أي شخص آخر إلى هنا. أخبرني أبي على وجه التحديد أنه لا ينبغي لنا أن نعرض هذا المكان على أي شخص آخر خشية أن يفسد النباتات ويأسر الحيوانات والطيور. حتى الآن كانوا يعيشون بسلام لعدة قرون وبضربة واحدة يمكننا تدمير كل هذا الهدوء ". كادت زينب تصرخ في وجه ناصر.

فوجئ ناصر بالانفجار الغاضب من زينب. لم يسبق له أن واجه الكثير من العنف منها. "حسنًا. أتفق معك. دعونا نتبع نصيحة والدنا ". استسلم.

مشوا يداً بيد بخطوات ثابتة.

في هذه الأثناء، كانت نرجس، بعد الانتهاء من أعمالها اليومية، تجلس على الدرج في الشرفة. كانت قد أبقت البوابة مفتوحة متوقعة أن يأتي أطفالها قريبًا. جالسة هناك، تجولت أفكارها في ذلك اليوم المشؤوم عندما ذهب زوجها في رحلة، ولم يعد أبدًا.

أفسح خوفها المجال لليأس مع مرور الوقت وبدأت أشعة شمس الغروب تتلاشى. ثم، عندما سمعت التزمير البعيد للسيارة، أشرق وجهها!

الفصل الثالث
الغابة والبركة

جلسوا على الطاولة لتناول الإفطار.

"بالأمس كنت متعبًا جدًا. قالت نرجس لأطفالها: "آمل أن تنام جيدًا".

"أنت على حق يا أمي. أشعر بالانتعاش الشديد بعد الاستحمام هذا الصباح. نفس الشيء معك، زينو، أليس كذلك ؟" نظر ناصر إلى أخته الصغيرة.

أومأت زينب برأسها واستمرت في الأكل. كانت مغامرة اليوم السابق لا تزال تطن في رأسها. كان السبيل الوحيد للخروج هو التركيز على الطعام أمامها. كانت أمي قد جعلت عين الثور المفضلة لديها على خوبز. كان يطلق عليه بشكل مناسب "الجانب المشمس لأعلى". أصبح صفار البيضة برتقاليًا تمامًا مثل الشمس المشرقة. لطالما جعلها مشهد الشمس المشرقة سعيدة. لفّت الخُبز وأخذت قضمة.

قالت نرجس لناصر: "الآن يمكنك إخباري بما حدث أمس في الوادي".

"أمي، في الواقع لم نكن مجهزين بشكل صحيح لإجراء بحث شامل في الغابة والبركة. نظرًا لأن الوقت كان متأخرًا، لم نكن نريدك أن تقلق بشأننا. لذلك، عدنا دون إكمال مهمتنا ".

"لا بأس بذلك تمامًا. عندما حل الغسق، كنت قلقًا. ذكي منك أن تكون قد عدت قبل حلول الظلام ".

"كانت البركة هناك تمامًا مثل تلك التي رأيتها في حلمي!" نظرت زينب من اللوحة أمامها.

"إنها محقة يا أمي. لقد تحقق جزء من حلمها. قال ناصر وهو يتطلع إلى أخته بإعجاب: "علينا أن نذهب مرة أخرى للبحث عن الباقي".

"حسنًا. أخبرني بالتفصيل عن مغامرتك. أنا كلي آذان صاغية الآن لسماع الوحي الذي حصلت عليه حبيبتي الصغيرة ". نظرت نرجس إلى أطفالها.

"بدا وادي بات جمالًا مهجورًا للطبيعة. لا أعتقد أن الكثير منا يعرف عن جزء كبير من الموائل الطبيعية في بلدنا. كان الوصول إلى مدخل منطقة الوادي سهلاً. كانت الرحلات الداخلية صعبة بعض الشيء. يجب أن أعترف أن أختي الصغيرة كانت قوية وشجاعة للمشي معي، متحدية الصخور والشجيرات. لحسن الحظ، لم نواجه أي مخلوقات سامة في الطريق. ربما كان ضوء النهار يخفيهم جميعًا ". توقف ناصر ليأخذ قضمة من لفافة إفطاره.

"أمي، كانت الفسحة بالضبط كما رأيتها. وكانت البركة هناك في المنتصف. ولكن لم تكن هناك منازل من الطين. أتساءل عما حدث لكل تلك المنازل المتهالكة التي رأيتها في حلمي ".

"لا تفرط في الإثارة يا عزيزي. ربما هؤلاء في مكان آخر داخل الغابة "، هدأت نرجس زينب. "هل غطست في البركة ؟"

تابع ناصر من حيث غادر. "لا يا أمي، لم نختبر مياه البركة. في الواقع، لم نحمل سراويل السباحة الخاصة بنا ولم يكن هناك تغيير في الملابس معنا. لم أرغب في ترك زينو وشأنها بينما أدخل البركة ".

"هل كان بإمكانك محاولة الذهاب إلى أبعد من ذلك في الداخل أم كانت تلك نهاية الغابة ؟"

"لم تكن النهاية. امتدت الشجيرات السميكة أكثر. كان العشب أطول بكثير ويتخلله شجيرات شائكة. لم نتمكن من العثور على أي طريقة معقولة للسير عبر تلك الشجيرات في الداخل. في المرة القادمة سنكون مستعدين بشكل أفضل للتغلب على هذه العقبات ".

اقترحت نرجس: "ربما يجب أن تذهب مع بعض الشيوخ".

"لا! لا أريد أن يعرف أي أشخاص كبار آخرين عن هذا المكان حتى الآن. من الواضح أن بابا أخبرني ألا أحضر الرجال الجشعين "، اعترضت زينب بشدة.

"حسنًا، حسنًا يا عزيزتي. أنا فقط اقترحت. لا حاجة لإخبار أي شخص آخر. إذن من ستأخذ معك في المرة القادمة ؟ فقط اثنان منكم يذهبان مرة أخرى داخل الغابة أو قد تكون البركة محفوفة بالمخاطر ". استسلمت نرجس.

"أعتقد أنه يمكننا الاعتماد على أفضل أصدقائنا يسرى وهيثم وبشرى. هذا سيشكل فريقا جيدا ". نظر ناصر إلى زينب.

"أنا أيضا أتفق مع ناصر. يمكننا مقابلتهم خلال النهار وشرح خطتنا ". أومأت زينب برأسها بفرح. كانت بشرى أعز صديقاتها وكانا في نفس الصف. كانت سعيدة لأن ناصر اقترحهم.

كان سليمان وفاطمة جيرانهم. كانت العائلتان قريبتين جدًا من بعضهما البعض. بعد اختفاء زوج نرجس، اختفى درويش دون أي أثر، وقد ساعدها هؤلاء الجيران على التغلب على صعوباتها. كانت فاطمة روحًا سعيدة ومستعدة دائمًا لمد يد المساعدة لأي شخص يعاني من مشكلة. خلال تلك السنوات، أصبحت نرجس وفاطمة قريبتين جدًا من بعضهما البعض.

كان لدى سليمان مزرعة كبيرة حيث كان يزرع العديد من النباتات ويزرع قطيعًا من الماشية. قام بتوريد الخضار والفواكه للسوق والحليب لمزرعة الألبان في صحار. كان له دور فعال في تعليم الفتيان المحليين عن الزراعة. كان ناصر طالبًا متلهفًا واستخدم معرفته المكتسبة من سليمان للاستخدام الجيد في مزرعته. كل مساء جمعة يتجمع الناس في مزرعة سليمان للاستماع إلى نصيحته بشأن الزراعة.

شعرت نرجس بالارتياح لرؤية أن أطفالها كانوا سعداء بالمغامرة التي مروا بها وكانوا حريصين على التخطيط لمغامرة جديدة. لطالما رغبت في أن يسير أطفالها على خطى والدهم. يجب أن يتعلموا أن يكونوا مكتفين ذاتيًا وواثقين في حياتهم. أعطتهم حرية اختيار أفضل طريقة للمضي قدمًا. بدلاً من قول "لا" لأي شيء، كانت تشرح إيجابيات وسلبيات ما يريدون القيام به وتترك الخيار لهم. كانت فخورة بأن ناصر اختار دائمًا الطريق الصحيح وقادت أخته أيضًا خلال ذلك.

كانت نرجس تنتظر الإجابة على سؤال كانت حريصة على سماعه من الأطفال. بدلاً من طرح السؤال، كانت تنتظر أن يأتي منها. بينما استمروا في الحديث عن تجربتهم خلال رحلة اليوم السابق، دق قلبها بالإثارة للمسة النهائية الوشيكة.

"زينو، أعتقد أن القرية المفقودة قد تكون داخل البركة كما رأيت في حلمك. وهذا يجعل فرص رؤية منازل الطين المتهالكة في الداخل أيضًا ". واصل ناصر تقييمه لما رأوه.

"لكن بيوت الطين في الماء لن تقف، أليس كذلك يا ناصر ؟" كان لدى زينب شكوكها الخاصة. "كانت ستذوب ما لم تكن مصنوعة من بعض المواد المقاومة للماء."

"فتاة ذكية. كان هذا تفكيرًا منطقيًا يا زينو. ثم ربما من خلال الماء قد نتمكن من الذهاب إلى الطرف الآخر من البركة حيث لا تزال القرية المفقودة موجودة ".

"أنت على حق. هذا يبدو وكأنه استنتاج ممكن. علينا الغوص في البركة للبحث عن مخرج من البركة. عندها سنكون قادرين على رؤية ..."تلاشى صوت زينب.

استمعت نرجس إلى أطفالها وهم يناقشون القرية المفقودة بصبر في انتظار أن يتطرقوا إلى الموضوع الذي كانت تنتظره. لم تجرؤ على مقاطعتهم خشية أن يفقدوا خيط تفكيرهم المنطقي.

"يجب أن نكون مستعدين جيدًا عندما نذهب في المرة القادمة خاصة للغوص في البركة. نظرًا لأننا لا نملك أي فكرة عن مدى وعمق البركة، ربما يجب أن نكون حذرين للغاية. هيثم سباح ماهر. اعتاد الذهاب للغوص والغطس في مسندم. سيكون قادرًا على إرشادنا بشكل أفضل ". شرح ناصر ما كان ينوي القيام به للرحلة التالية.

"هل يمكننا التخطيط لإقامة ليلية في ذلك المكان ؟" نظرت زينب إلى نرجس.

"بالطبع، قد تضطر إلى ذلك. إذا كنت تخطط لاستكشاف المنطقة بالكامل، فقد تكون مستعدًا أيضًا للبقاء طوال الليل في الغابة. وهذا يعني أنه يجب عليك استشارة شخص ماهر في نصب الخيام وإعداد قائمة مرجعية للإقامة الليلية. عليك أن تحافظ على نفسك في مأمن من الحشرات والحيوانات الأخرى التي قد تكون جعلت تلك المنطقة موطنها. نصحتهم نرجس بقراءة المزيد عن هذه الأماكن في عمان والاستعداد لإقامة آمنة ".

"هل تريدين المجيء معنا يا أمي ؟" عرفت زينب أن والدتها حريصة على سلامتهم إلى جانب أملها في الحصول على بعض الأخبار الجيدة.

"لا، حبيبي. لا ينبغي أن أكون عبئًا عليكم أيها الأطفال المتحمسون. سأنتظر هنا أصلي من أجل عودتك الآمنة من مغامرتك ".

"إذا تمكنا من العثور على أي شيء تحت البركة، فربما يقودنا ذلك إلى الرجل الذي رأته زينب في حلمها." نظر ناصر إلى والدته.

لم تعد نرجس قادرة على إبقاء نفسها على الخطافات الرقيقة. "هل تعتقد أنه من الممكن لشخص ما البقاء على قيد الحياة كل هذه السنوات تحت تلك المياه؟"

انفصلت شفتا ناصر بابتسامة حلوة. "بالطبع يا أمي. إذا كان حلم زينو صحيحًا، فمن المؤكد أن هناك فرصة لحياة الإنسان على الجانب الآخر من البركة تحته. القرية المفقودة، هذا ما يجب أن نكتشفه".

"سأبقي أصابعي متقاطعة للحصول على أفضل الأخبار منكم، يا أطفال. هذا ما تطمح كل أم إلى الحصول عليه من أطفالها ــ أخبار عن أعمالهم الصالحة". ابتسمت نرجس لهم. "وأنا متأكد من أنكما لن تخيبا ظني أبداً".

"يخبرني شخص ما بداخلي أنني سألتقي بالرجل الذي رأيته في حلمي. حتى الآن تابعنا الحلم بصدق. قالت زينب بفرح: "سيتحقق المزيد منها قريبًا".

"دعنا نذهب إلى منزل عم سليمان لمقابلة أصدقائنا. علينا أن نقول لهم ألا يتحدثوا عن رحلتنا للآخرين. الكثير من الطهاة سيفسدون الحساء بالتأكيد". نهض ناصر من كرسيه.

وبينما كانت زينب تتبع ناصر أيضًا، التقطت نرجس الأوعية لإعادة وضعها في مكانها بعد التنظيف.

الفصل الرابع
بقايا هادئة الضبعين

كانت الضبعين قرية هادئة تقع تحت وادي جبل الشيخ في الجزء الشمالي من جبال الحجر.

كانت بعيدة عن صخب المدينة الصناعية وميناء صحار المزدحم. كانت أقرب بلدة هي لوى التي كانت بلدية. أثناء السفر من لواء نحو الغرب، قاد منعطف الطريق إلىالضبعين. كانت قرية صغيرة تضم حوالي عشرين عائلة. كان لدى معظمهم أراضي زراعية خاصة بهم وزرعوا خضروات وفواكه مختلفة.

كان الشيخ أحمد الريسي رئيس القرية. على مدى عقود، كان الأكبر من عائلة الشيخ أحمد مسؤولاً عن شؤون القرية. كانت قيادة مجموعة من الأشخاص المحبين للسلام مهمة سهلة للشيخ. إلى جانب زوجته مريم وخمسة أطفال، بقي والداه المسنان معه أيضًا.

كان يوم الجمعة وكالعادة تجمع رجال القرية بالقرب من المسجد قبل صلاة العصر. بينما كانوا ينتظرون من الإمام الصادق أن يدعوهم للصلاة، كانوا يتبادلون التحيات وينخرطون في أحاديث صغيرة.

"سليمان، هل ترينا أي شيء جديد في مزرعتك اليوم ؟ ما لم يكن هناك شيء مثير، سأفوت اللقاء لأكون مع عائلتي ". كان محمد جالسًا بجوار سليمان. اعتاد حضور اجتماعات مساء الجمعة في مزرعة سليمان دون أن يفشل. سيتم تمرير الكثير من المعلومات خلال هذه الاجتماعات بين القرويين.

كان محمد يدير مخبزاً في القرية. كان خبزه وكعكته مشهورين ليس فقط داخل القرية ولكن في معظم أنحاء البلاد. قام بتوريد مواد المخابز للعديد من المخابز في لوى وصحار التي كان لها منافذ بعيدة مثل مسقط ونزوى وصور. إلى جانب أصناف المخبوزات المعتادة، كانت الوجبات الخفيفة الأخرى مثل السمبوسة

والسمبوسة الهندية المتنوعة والبطاطا المقلية هي تخصصه. خلال
صيام رمضان، قدم محمد وجبات صغيرة للإفطار في المناطق
المجاورة الممتدة من سهام إلى شيناس. ساعدته زوجته نهلة في إدارة
المخبز. كان سعيدًا لأن ابنه الأكبر طلال، على الرغم من أنه لا يزال
في المدرسة، كان مهتمًا بتعلم تقاليد العائلة.

"ليس الأمر أن لدي شيئًا محددًا لأريك إياه أو أخبرك عنه.
أولئك الذين لديهم شكوك في أن يتم تطهيرهم يمكن أن يأتوا في المساء
وسأكون سعيدًا جدًا بتقديم المساعدة بقدر ما أستطيع. ربما ستنتج
المحادثات أفكارًا جديدة أيضًا ". تحدث سليمان بتواضع كما كانت
صفته.

"إن التجمع وسط كل تلك المساحات الخضراء في مزرعة سليمان نفسها يجدد شبابه. هذه المنطقة هي أروع الأماكن في قريتنا. وهذا يجعل اجتماعات الجمعة مميزة بقدر ما أشعر بالقلق ". فتح عباس عقله.

"بعد الركض بحثًا عن أشخاص يخالفون القانون، يجب أن يكون لديك بالتأكيد مكان لتهدئة رأسك. وإلا، فإن الحرارة ستذوب دماغك الصغير!" وبخ بدر عباس.

كان عباس وبدر صديقين في مرحلة الطفولة وكانا يسخران من بعضهما البعض في كثير من الأحيان. جعل سحب ساق الآخر صداقتهما أكثر قوة.

كان عباس الشرطي الوحيد من القرية وتمركز في صحار. على الرغم من أن معدل الجريمة في البلاد كان منخفضًا جدًا في عهد السلطان المحب للسلام، إلا أن الشرطة اضطرت في كثير من الأحيان إلى مطاردة العديد من الذين حاولوا خرق القانون، في كثير من الحالات لمجرد المتعة. كانت زوجته النهضة معلمة في المدرسة الحكومية في لوى. كان لديهم طفلان كانا في المدرسة الابتدائية. قرروا إنجاب طفلين فقط على عكس العديد من العائلات الأخرى. لحسن حظهم، جلبت لهم الولادة الأولى توأمًا من الصبي والفتاة. كانت آسيا وجاسم طفلين رائعين.

كان لدى بدر سيارة أجرة خاصة به. كان مع موقف سيارات الأجرة في ليوا وحاول بشكل أساسي تلبية احتياجات الأشخاص المهتمين بالذهاب إلى دبي والفجيرة. استخدم هذه الرحلات لشراء مواد القماش لصنع العبايات للنساء والكندورة للرجال. كانت زوجته سكينة خياطة جيدة واشترى أهل القرية الملابس لمتطلباتهم منها. كان بدر يبيع الملابس للمحلات التجارية في لوى وصحار. وقد جلب ذلك دخلاً إضافياً للأسرة لأن تشغيل سيارة الأجرة وحده لم يكن كافياً لتربية أطفالهم الخمسة بتعليم وطعام جيدين.

"الدماغ الصغير أفضل من وجود تجويف في الرأس. ستكون الحياة مملة للغاية عندما تسمح لسيارتك بقيادتك بدلاً من السفر كما تشاء!" طعن عباس بدر في بطنه.

استمتع آخرون بالمرح بين الأصدقاء. حثوهم على الاستمرار في وخز بعضهم البعض حتى يتمكنوا من الحصول على ضحكة من القلب.

"بدر، هل لديك أي تصاميم جديدة للعباية ؟ طلبت مني راضية على وجه التحديد الاستفسار ". سأل عبد الله. كانت زوجته تدفعه لشراء شيء جديد لها. ظل ينسى في خضم جدول الأعمال المزدحم في المدرسة. كان جيدًا جدًا في مادته، الكيمياء ومحبوبًا من قبل معظم الطلاب. بعد ساعات الدوام المدرسي، دفعه الطلاب لأخذ دروس إضافية لهم وهذا أبقاه مشغولاً حتى النخاع.

"أشتري مواد القماش. أكثر من ذلك ليس لدي أي فكرة، عبد الله. لماذا لا تطلب من راضية أن تأتي إلى منزلنا ؟ يمكنها الحصول على معلومات مباشرة من سكينة. ربما يمكنهم المناقشة وعمل بعض التصاميم الجديدة أيضًا ". على الرغم من أن بدر لم يشارك في جزء الخياطة، إلا أنه كان خبيرًا في اختيار المواد الجيدة من السوق الإماراتية. جلب تجار الجملة في دبي والفجيرة مواد رائعة من أماكن بعيدة.

عملت راضية في شركة بناء في صحار، في قسم حساباتهم. كانت تحب تقديم نفسها بشكل جيد واختارت الفساتين الجيدة في جميع الأوقات. أحب عبد الله زوجته كثيرًا لدرجة أنه لم يكن بائسًا أبدًا عندما يتعلق الأمر باحتياجاتها. كان لديهم طفلان – ريم ورازيا، اللذان كانا في الصفين العاشر والثامن. كان يفخر ببناته اللواتي كن جميلات مثل زوجته.

أومأ عبد الله برأسه رداً على بدر. يجب أن يتذكر أن يخبر زوجته خشية أن تعتقد أنه نسي طلبها. كان ذلك عندما جاء حبيب مسرعاً. نظر الجميع إلى حبيب، متسائلين عما حل به.

"هل تأخرت عن الصلاة ؟ لماذا لا تزال تجلس هنا ؟ أين إمامنا الكريم ؟" صرخ حبيب وهو لا يزال يلهث لالتقاط أنفاسه.

"اهدأ يا حبيب. التقط أنفاسك أولاً خشية أن يتوقف القلب عن طاعة أوامرك ". قام سليمان بتهدئة حبيب.

"تظهر ساعتي أن الوقت قد فات. اعتقدت أنني تأخرت وجاءت راكضة. إذن، لم يحن وقت الصلاة بعد ؟" أصبح وجه حبيب أحمر عندما أدرك غبائه. لم تكن هذه هي المرة الأولى التي تتخلص فيها ساعته منه.

"لقد حان الوقت لتغيير ساعتك الموهوبة من قبل ابن بطوطة." سحب بدر ساقه. بدأ الجميع يضحكون على هذا.

كانت ساعة حبيب مشهورة بين القرويين. لم يظهر أبدًا الوقت المناسب وكان يصل في الوقت الخطأ لمعظم الأحداث في القرية ما لم يكن برفقة عائلته. أعطاه جده الساعة وأبقاها قريبة من قلبه كإرث عائلي.

كان حبيب يدير محل البقالة الوحيد في القرية. على الرغم من أن القرويين ذهبوا إلى الأسواق في ليوا وصحار للتسوق الشهري، إلا أن متجر حبيب ساعدهم في تلبية احتياجاتهم العاجلة. كان الأطفال يحبون حبيب لأنه كان يحتفظ بأنواع مختلفة من الحلويات في متجره ويبيعها بأسعار منخفضة للغاية لمجرد إسعاد الأطفال.

كانت زوجته صفا تدير المتجر كلما اضطر إلى الخروج لتجديد مخزونه. ساعد حبيب سليمان في توزيع منتجاته على الأسواق القريبة إلى جانب الاحتفاظ بجزء في متجره للقرويين. قام بتوريد البقالة والمؤن لبعض القرى التي تم وضعها عن بعد في منطقتهم. أنعم الله على الزوجين بستة أطفال. اعتاد أن يمزح مع الآخرين بأنه ينوي أن يكون لديه فريق كرة قدم خاص به.

كان ذلك عندما ظهر الإمام صادق. كان صادق رجل الالتزام بالمواعيد. لم يتأخر ولو لدقيقة واحدة. لم يعرف أحد جذور هذا الرجل المتدين بحماس. بالنسبة للأشخاص الأصغر سنًا، كان

الصدق دائمًا موجودًا في المسجد منذ ولادتهم. كان لدى القرويين المسنين صورة باهتة لصادق شاب يساعد الإمام السابق حتى وفاته. بعد ذلك تولى منصب الإمام. لم يكن هو نفسه متأكدًا من عمره. وقدر آخرون أنه أكثر من ثمانين. كان لا يزال رجلاً قوياً وقاد الصلوات بصوت قوي وعميق.

كان صادق محبوباً من الجميع، وحتى بعض القرويين القريبين جاءوا إلى الضبعين فقط للتحدث معه. استيقظ الكثيرونفي الضبعين في الصباح وهم يستمعون إلى صوته. كان رجل معرفة وكان دائمًا متاحًا لتهدئة ومواساة أي شخص كان في محنة.

امتلأت الغرفة بأصوات القرويين يحيون الإمام ورده على كل منهم. وتساءل بعد صحتهم ورفاههم، مخاطبا كل واحد على حدة، كما جرت العادة بالنسبة له.

ثم حان الوقت لبدء الصلاة. وقف الإمام الصادق في مواجهة اتجاه مكة وجميع الآخرين وقفوا في صمت خلفه.

الفصل الخامس
لقاء الأصدقاء

شعرت زينب بسعادة غامرة. كانت مع أعز صديقاتها بشرى في منزلهما.

جاء ناصر وزينب إلى منزل سليمان مباشرة بعد الإفطار. كانوا حريصين على مشاركة تجربتهم في أعقاب حلم زينب. كان لا بد من وضع اللمسات الأخيرة على خطة الرحلة إلى وادي بات مع أصدقائهم.

كانت يسرى وهيثم وبشرى كلهم آذان صاغية بينما روى ناصر رحلتهم إلى الغابة والبركة.

"تمامًا مثل الحلم الذي حلمت به زينب الصغيرة، كانت البركة هناك في وسط المقاصة في الغابة. بدت المياه صافية على السطح. لكنها كانت مظلمة في الداخل. وهذا يدل على أن البركة عميقة جدا. إذا كنا نخطط لدخول البركة، يجب أن نكون حذرين بشكل مضاعف لأنه ليس لدينا أي فكرة عما ينتظرنا ". واختتم ناصر روايته.

كانت المجموعة الشابة من المستمعين أمامه مذهولة لأنها تشبه قصة خيالية. شاهدت زينب التعابير على وجوه صديقاتها. كانت يسرى، التي كانت في نفس عمر ناصر، تبتسم على شفتيها وهي تنظر باهتمام إلى ناصر. كانت تتطلع إلى الرحلة مع هذا الشاب الوسيم أمامها.

كان هيثم صبيًا محبًا للمغامرة، أصغر من أخته الكبرى بثلاث سنوات. كان عقله قد بدأ بالفعل في التخطيط لمغامرة أخرى مع أصدقائه. كان الماء حبه دائمًا. مرة كل أسبوعين كان يذهب للسباحة في البحر. كان البحر على بعد ثلاثين كيلومتراً فقط من قريتهم. كان اهتمامه هو السباحة في المناطق التي لم يغامر السياح بدخولها. كان قد تدرب على الغوص في أعماق البحار في نادي

الغواصين في مسندم. بضع مرات كان قد مارس الغوص السطحي أيضًا.

فكرة الرحلة إلى وادي الخفافيش أصابته بقشعريرة. كانت البركة في قصة ناصر ستكون اختبارًا لمهاراته في السباحة. كان يتطلع إلى الرحلة وكان يضع بالفعل خططًا جادة لها.

كان لدى بشرى مشاعر مختلطة وأظهر وجهها الرعب والدهشة في نفس الوقت. كانت صديقتها زينب تتمتع بقدرة خاصة على الحلم بالأماكن التي لم تذهب إليها من قبل. قد يكون استكشاف مناطق مجهولة أمرًا خطيرًا. لم تكن شجاعة مثل أشقائها. لكنها أرادت بشدة أن تكون في خضم كل الأحداث، خاصة مع أفضل صديقاتها زينب.

كانت زينب وبشرى، وهما في نفس العمر، مثل التوائم تقريبًا. كانوا من نفس الطول واللياقة البدنية. عندما خرجوا معًا، حاولوا ارتداء فساتين متطابقة. نشأوا كجيران جعلتهم يطورون نفس الأذواق للطعام واللباس والألعاب. كان كلاهما يحبان التجول في القرية. ربما كانوا الزوجين الوحيدين الذين اجتازوا جميع الزوايا والأركان في قريتهم سيرًا على الأقدام.

"هل يمكننا التفكير في ركوب الدراجات إلى هذا المكان الذي تتحدث عنه ؟" سأل هيثم.

"سيكون من الصعب، خاصة بالنسبة لهؤلاء الصغار." أشار ناصر إلى زينب وبشرى. "علاوة على ذلك، يمكن أن تعيق الأحجار والأشواك الحادة ركوب الدراجات. إذا حصلنا على ثقب، فقد انتهينا ".

"هذا يجعل ركوب الدراجات. يجب أن نسير سيرًا على الأقدام بمجرد وصولنا إلى نهاية الطريق المتنقل. دعونا نناقش الأنشطة والاستعدادات لتلك الأنشطة. يجب على شخص ما تدوين ملاحظات حول ما نناقشه من أجل وضع قائمة مرجعية في النهاية ". نظر هيثم إلى يسرى.

أومأت يسرى برأسها. أحبّت القراءة والكتابة واتبعت بحماس اقتباسًا محبوبًا لكاتب هندي - "اجعل القراءة عادة وكتابة هواية". منذ أن سمعت هذا الاقتباس، فعلت ذلك بالضبط خلال وقت فراغها وستنصح زملائها أيضًا باتباعه.

نهضت يسرى لإحضار دفتر ملاحظاتها وقلمها. تم الاحتفاظ بالكمبيوتر المحمول خصيصًا لتدوين أفكارها. أطلقت عليها اسم "القصدير" حيث يمكنها إيداع أفكارها وأفكارها ومفاهيمها الثمينة. هنا أيضًا كانت تتبع نصيحة المؤلف الهندي للكتاب الشباب.

بعد قراءة الرواية بعنوان "ماذا بعد ؟" للمؤلف، بدأت في اتباع اقتباساته ونصائحه. كانت الرواية مثيرة للاهتمام للغاية وكان لها انطباع دائم عليها. تحدثت القصة الخارجية عن نمو سلطنة عمان في مجال علوم الفضاء وتأثرت بالحوادث في القصة الداخلية التي تحكي الأحداث التي وقعت قبل خمسمائة عام في لوى وصحار. كانت فاطمة، الشخصية الرئيسية في الرواية، تقف دائمًا كمثال للإلهام بالنسبة لها لكونها جريئة ومستقلة. كانت تطمح إلى أن تكون قوية مثل فاطمة وأن تكتب رواية بمفردها.

حقيقة أن لها نفس اسم رائدة الفضاء في الرواية، على الرغم من الصدفة البحتة، شجعها على أن تكون نشطة في جميع الأوقات.

جلست يسرى وكتابها وقلمها في يدها. "أنا مستعد. دعونا نناقش ".

"يمكننا استخدام شاحنة الالتقاء في الرحلة. سأقوم بصيانتها لضمان عدم حدوث أي شيء غير مرغوب فيه في الطريق "، تطوع ناصر.

"أعتقد أننا يجب أن نخطط لإقامة ليلة في الغابة حتى لا نكون في عجلة من أمرنا للعودة بحلول غروب الشمس." نظر هيثم إلى وجوه الفتيات الصغيرات.

"نحن مستعدون". كانت زينب منتشية أكثر من أي وقت مضى. لكن وجه بشرى المتحجر أظهر أنها لم تكن مقتنعة تمامًا بالبقاء بعيدًا عن والدتها.

"سنحمل خيمتين معنا. واحدة لنا وواحدة للفتيات. أعتقد أن هذا يجب أن يكون متاحًا إما في كارفور أو الدانوب. عادة ما تأتي المعدات بأكملها مع تعليمات حول كيفية نصب الخيمة. يجب ألا نواجه أي مشاكل في هذا الصدد ". كان ناصر قد فكر بالفعل في الإقامة الليلية.

"نظرًا لأننا نخطط لدخول المياه في البركة، يجب أن يكون لدينا ملابس سباحة كافية وتغيير الملابس. لدي معدات الغوص الخاصة بي وليس لدي أي مشاكل في الغوص في المياه العميقة. ماذا عنك يا ناصر، هل تلعب بما يكفي للغوص ؟" نظر هيثم إلى ناصر.

"لا توجد مشاكل بالنسبة لي. ستبقى الفتاتان على الضفاف بينما نذهب نحن الإثنان إلى البركة. ربما يمكنك ترتيب مجموعة من المعدات مماثلة لما لديك من أجلي ؟" سأل ناصر هيثم.

"بالطبع يا صديقي. سأحصل على مجموعة ثانية وسأدربك على كيفية استخدامها. يمكننا الذهاب إلى الشاطئ في ليوا لتجربته. عليك أن تعتاد على فتح عينيك تحت الماء ثم تتبع شعاع الضوء من المصباح الأمامي ".

أومأ ناصر برأسه. شعر بسعادة غامرة لتعلم شيء جديد من هذا الخبير.

"علينا أن نضع قائمة بالمواد الغذائية التي يجب حملها معنا والتي ستكون كافية على الأقل لبضعة أيام." قالت يسرى بين تدوين تعليمات من هيثم حول الغوص.

"هذا هو قسمك يا يسرى. أنت تعرف مذاقنا والكمية التي نستهلكها بشكل طبيعي. يمكنك التخطيط وفقًا لذلك ". عرف ناصر خبرة يسرى في الطهي. كان يحب الطعام الذي أعدته والدته وعمته فاطمة. كان كلاهما خبيرين عندما يتعلق الأمر بالطعام. حصلت يسرى على تدريب المطبخ من كليهما وكانت أعجوبة عندما يتعلق الأمر بتجربة وصفات غير تقليدية. كانت اللقمة الأولى دائمًا لناصر لأن شقيقها هيثم لم يكن من محبي الطعام. تطورت الرابطة القوية بين ناصر ويسرى من خلال مهارات يسرى في الطهي.

"الشوكولاتة والحلويات. لا تنسي يسرى!" صرخت زينب. دعمت بشرى زينب بأصوات الموافقة.

"يمكنك سرد ما يعجبك ويمكننا شراء تلك الشوكولاتة كما يحلو لك. هل هذا جيد يا فتيات ؟" كانت يسرى تحب الحلويات أيضًا وخاصة شوكولاتة ليندت وجوديفا.

"لذلك يعتني ذلك بالإقامة والطعام والسباحة. بصرف النظر عن الطعام، دعونا لا ننسى تناول الكثير من مياه الشرب. الآن، علينا أن نضمن تدابير السلامة. بوصلة لفهم الاتجاه، وزوج من المشاعل مع خلايا احتياطية، وطارد البعوض، وصناديق أعواد الثقاب والولاعات لإشعال النار في المخيم في الليل، والعصي وسكاكين الصيد في حالة مواجهة أي حيوانات برية صغيرة وهواتف محمولة

مشحونة بالكامل بحزم بطاريات إضافية. في موسم الصيف، يجب أن نحمل مستحضرات الحماية من الشمس ونرتدي نظارات شمسية ". تحدث هيثم من التجربة التي اكتسبها من كونه جزءًا من فريق الكشافة في مدرسته. كانوا يذهبون للتخييم أثناء تدريب الكشافة.

قالت يسرى: "صندوق الإسعافات الأولية أمر لا بد منه".

"أنت على حق. لقد غاب ذلك عن ذهني ". وافق هيثم.

"لقد تعلمنا في المدرسة أن مجموعة الإسعافات الأولية يجب أن تحتوي بالضرورة على مراهم للبثور، وضمادات لاصقة من مختلف الأحجام، والعديد من ضمادات الشاش، وشريط لاصق، ومرهم مطهر، وأدوية مسكنة للألم بدون وصفة طبية مثل البانادول والقلم والورق. دعونا نحتفظ ببعض قفازات النتريل أيضًا ".

"أنت على حق." قدّر ناصر يسرى.

"يجب ألا ننسى ارتداء أحذية الرحلات مع الجوارب القطنية. ربما يجب أن نحمل زوجًا إضافيًا لكل منهما في حالة حدوث أي ضرر للحذاء أثناء المشي فوق التضاريس الخسيسة ".

"هذا تفكير جيد يا هيثم. الهواتف المحمولة ليست ذات فائدة كبيرة داخل الغابة حيث كنا بالأمس. لم تكن هناك إشارة هناك. بمجرد وصولنا إلى الفسحة والبركة، سيتم قطع اتصالنا بالعالم الخارجي. ثم سنكون وحدنا "، حذر ناصر أصدقائه.

"إنه على حق. آخر مرة شعرت بالخوف عندما لم تظهر هواتفنا المحمولة أي إشارة ".

"على أي حال، يجب أن نحمل هواتفنا المحمولة. ستكون مفيدة للاستخدام كـكاميرا أو مصباح "، قالت بشرى مع اقتراحها.

أعرب آخرون عن تقديرهم لبشرى التي فتحت فمها أخيرًا. أرادها الأخوان الكبيران أن تتغلب على خوفها من الرحلة بمفردها. أخيرًا، من خلال الانضمام إلى المحادثة، عرفوا أنها مستعدة لمرافقتهم.

استمر الأصدقاء الخمسة في مناقشة رحلتهم الوشيكة والتخطيط لها. قرروا الشروع في الرحلة بعد أسبوع يوم الجمعة القادم. اختيار عطلة نهاية الأسبوع يضمن أن معظم الشيوخ سيكونون متاحين في القرية في حالة الطوارئ.

قرروا الاجتماع مرة أخرى خلال الأسبوع للاطلاع على قائمة "ما يجب فعله وما لايجب فعله". وفي الوقت نفسه، سيقوم هيثم وناصر بترتيب شراء العناصر من لوى أو صحار.

بمجرد أن اختتموا مناقشاتهم، أخذت بشرى زينب إلى غرفتها حتى يتمكنوا من التحدث واللعب بدماها. ذهبت يسرى إلى غرفتها لمواصلة قراءة الرواية التي كانت معها. كانت تحب قراءة الروايات عن الألغاز الغامضة.

أخذ ناصر إجازة من هيثم وانتقل إلى مزرعته.

الفصل السادس
العجوز علي

كان هناك برج مراقبة قديم عند مدخل القرية مباشرة. بقدر ما عرف الشيوخ أن المبنى كان موجودًا منذ عقود. وظل نصبًا تذكاريًا من العصور القديمة.

كان لدى معظم القرى في البلاد أبراج مراقبة مماثلة تمثل روعة ماضيها. اختلف التصميم حسب ذوق القرويين القدامى. كان لدبين برج مبني من الطوب الطيني على شكل مخروط مع ذروته الحادة مقطوعة. كان بها منفذ دخول في القاع وفتحة في الجزء العلوي من الجدار المواجه للطريق المؤدي إلى القرية.

كان قطر القاعدة حوالي مترين وكانت كبيرة بما يكفي لإيواء شخصين. كان ارتفاعه أربعة أمتار تقريبًا. كانت هناك طاولة مبنية في الداخل حتى يتمكن الحارس من الجلوس عليها ومشاهدة الأشخاص القادمين من الخارج من خلال النافذة في الأعلى.

نادرًا ما كانت أبراج المراقبة القديمة هذه تستخدم في الوقت الحاضر وتُركت كآثار للأزمنة القديمة. كان الحراس مطلوبين عندما كانت كل قرية كيانًا منفصلاً وكان عليهم أن يخشوا الاعتداء من القرويين الأقوى أو عصابات اللصوص. بعد تشكيل السلطنة، تبددت هذه المخاوف. ظلت البلاد سلمية وتم الاعتناء بالشعب بشكل كافٍ من قبل السلطان. كانت هناك آلية حكومية قائمة لتلبية احتياجات القرويين.

ولكن فيالضبعين، كان لبرج المراقبة القديم ساكن. العجوز

علي!

لا أحد في القرية لديه أي فكرة عن عمر علي. كان هناك دائمًا. اعتاد القرويون المسنون أن يقولوا إن علي كان عمره أكثر من مائة عام. شكك الشباب في هذا الادعاء لأنهم لم يعتقدوا أن أي شخص سيبقى على قيد الحياة إلى هذا الحد.

لم يكن لدى علي عائلة أو أقارب. كان يعيش بمفرده في البرج. قدم له القرويون الطعام في بعض الأحيان. إما أن يحضر شخص ما الطعام إلى البرج أو يخرج في بعض الأحيان إلى منزل من اختياره للحصول على الطعام. كان ضعيفًا لدرجة أنه بدا كما لو أنه لم يكن لديه ما يكفي من الطعام. كان لديه لحية طويلة وشعره يمتد إلى كتفيه. ولعجب الجميع، ظل الشعر واللحية أسودين في الغالب.

لم يتحدث علي كثيراً. لم يكن مهتمًا بالتواصل مع أي شخص. كان يقضي وقته داخل البرج أو يتجول في القرية. كانت هناك أوقات يختفي فيها لعدة أيام. ثم في يوم من الأيام سيعود فجأة كما اختفى. لم يكن أحد يعرف إلى أين ذهب ولم يكلف أحد نفسه عناء الاستفسار لأن الأمر لم يكن من شأنهم. ظل رجلًا غامضًا لا أهمية له للقرية.

كانت يسرى مفتونة بعلي. كانت دائمًا فضولية بشأن كل شيء من حولها خاصة أولئك الذين لديهم تلميح من الغموض. بعد أن قرأت الكثير من أفلام الإثارة، كانت تفكر الآن في كتابة واحدة بنفسها. ستكون شخصية مثل علي مثالية لقصة صوفية تدور حولها.

كانت تأمل بشدة أن تتمكن من الحصول على بعض التفاصيل عن هذا الرجل العجوز لإطعام خيالها. حاولت عدة مرات إجراء محادثة مع علي ولكن دون جدوى. كان يقف هناك يحدق بها بوجه فارغ. ولا حتى كلمة واحدة ستخرج منه. لم يكن الأمر أنه أصم أو غبي، لكنه لم يهتم. سمعته يتحدث إلى نفسه، ومعظمها أشياء لم يكن لها أي معنى بالنسبة لها.

كان عليها أن تتبع علي عن كثب لمحاولة تكوين صداقة معه. ذات مرة سألت الإمام صادق عن علي. حتى أنه لم يكن يعرف

أي شيء عن علي. عندما جاء إلى المسجد في سن مبكرة جدًا، كان علي هناك بالفعل. بقدر ما كان يتذكر، كان علي هو نفسه دائمًا. كان الأمر كما لو أن الوقت توقف بالنسبة للرجل العجوز علي.

كان ذلك يوم الجمعة وكان معظم الرجال قد ذهبوا إلى مزرعة سليمان لحضور اجتماعهم الأسبوعي. كانت بشرى وزينب مشغولتين باللعب، مستفيدتين من العطلة إلى أقصى حد. خرجت يسرى في نزهة على الأقدام. كان ذلك هو الوقت الذي اعتادت فيه نسج القصة التي أرادت كتابتها. لقد حرصت على عدم حمل هاتفها الخلوي حتى لا يكسر أحد عملية تفكيرها. لم تغامر أبداً بالخروج من القرية وكانت والدتها فاطمة تعرف أين تجدها في حال احتاجت إليها قبل عودتها من المشي. اتبعت نفس الطريق حول القرية.

في ذلك اليوم أيضًا سلكت يسرى نفس الطريق كما هو الحال دائمًا. على الرغم من أنها حاولت التركيز على القصة التي رغبت في تطويرها، إلا أن أفكارها انحرفت عن المحادثة التي أجروها في الصباح. أثناء تدوين ملاحظات الاجتماع، غالبًا ما كانت عيناها تفحصان وجه ناصر الوسيم. كانت تتطلع إلى رحلة إلى الغابة مع ناصر والأصغر سناً. سيمنحها ذلك متسعًا من الوقت للتحدث معه على انفراد.

فكرة ناصر أشعلت فكرة فيها. لماذا لا تتمشى إلى مزرعة ناصر ؟ لم يكن بعيدًا، على بعد حوالي عشر دقائق سيرًا على الأقدام من منزلهم. لكنها كانت خارج منطقة القرية. اضطرت إلى عبور برج المراقبة والانعطاف يسارًا للوصول إلى المزرعة. وكانت معظم المزارع التي يملكها القرويون في تلك المنطقة. كانت مزرعة والدها كبيرة جدًا وتقع على بعد حوالي كيلومترين من القرية. كان هذا أبعد ما في الأمر. لقد ذهبت إلى هناك عدة مرات، ولكن دائمًا مع أبيها في شاحنته.

سارت يسرى نحو برج المراقبة تنوي العبور إلى مزرعة ناصر. كانت تفكر في عذر في ذهنها لإخبار ناصر عن زيارتها

لمزرعته. يمكن ربطها بالرحلة التي كان من المقرر أن يقوما بها معًا.

أثناء عبورها البرج، نظرت في اتجاهه لمعرفة ما إذا كان علي هناك. لم يكن هناك أي أثر له. ربما كان ينام في الداخل. كان ينام على الأرض. زوده القرويون بمرتبة وملاءة سرير. لكنه لم يستخدمها أبدًا. فضل الاستلقاء على الأرض العارية.

عندما استدارت يسارًا نحو المزرعة، لاحظت شخصية تمشي أمامها. من المشية، استطاعت أن تكتشف أنه كان الرجل العجوز علي. وتساءلت لماذا وإلى أين يمكن أن يذهب. ربما كانت فرصة لها لمعرفة شيء على الأقل عن هذا الرجل الغامض. قررت أن تتبع علي بدلاً من الذهاب إلى مزرعة ناصر.

تبعتها دون أن ترفع عينيها عن الشكل الذي أمامها. كانت خائفة من أن يختفي علي فجأة في الهواء. كانت قد سمعت قصصًا يرويها قرويون آخرون عن اختفاء علي في غضون ثوانٍ من التواجد معهم. قد يكون الناس يبالغون. ومع ذلك، فإنها لا تريد أن يحدث ذلك الآن بعد أن كانت محظوظة بحصولها على فرصة لمتابعة علي.

ثم دهشتها، التفت الرجل العجوز نحو مزرعة ناصر. هذا أثار اهتمامها أكثر. ما العمل الذي كان لديه مع ناصر ؟ على أي حال، كان ذلك جيدًا لها لأن نيتها الأولى كانت مقابلته. حافظت على وتيرتها مع الرجل في المقدمة.

عندما ذهب علي إلى داخل المزرعة كان خارج رؤيتها. تبعته يسرى إلى مزرعة ناصر. لم يكن هناك أحد في الفناء الأمامي. كانت تأمل أن يكون ناصر هناك. جعلتها فكرة وجودها في المزرعة بمفردها مع علي ترتجف. هل أخطأت في اتباع رجل لا تعرف عنه شيئًا ؟

فكرة الوحدة هذه جعلتها تشعر بالبرد. كان الأمر كما لو أن كل شجاعتها قد تلاشت في تلك اللحظة من العجز.

ثم سمعت الصراخ من وراء المزرعة الصغيرة. كان علي يصرخ على شخص ما. لم تستطع أن تفهم تمامًا ما كان يتحدث عنه. يجب أن يكون هناك شخص آخر مع علي ويجب أن يكون ذلك دائمًا ناصر. اتخذت خطوات حازمة للتحايل على السقيفة.

على حافة المزرعة، استطاعت أن ترى ناصر يتجه نحوها وعلي، وظهره لها، في مواجهة ناصر.

"ستعاني من العواقب تمامًا مثل والدك! أنا أحذرك. لا تذهبي. والدك لم يستمع لي. الآن أين هو ؟ من الأفضل أن تبقى في القرية. لا تغامر بالخروج!" بهذه الكلمات التفت علي وسار نحو المكان الذي تقف فيه يسرى.

ابتعدت يسرى عن طريق الرجل العجوز الذي كان يخطو خطوات طويلة كما لو أن شيئًا ما كان يسحبه بعيدًا. عندما اقترب من يسرى، حدق بها بعيون تتوهج بغضب غاضب.

"أنت أيضًا!" صرخ بينما كان يمر بجانبها.

كانت يسرى ترتجف من الخوف. ما الذي حدث لهذا الرجل العجوز الذي كان هادئًا جدًا ولم يشاهد أبدًا يصرخ على أي شخص ؟ خذلتها ساقيها ولم يتحرّكا. وقفت ساكنة.

كان ذلك عندما لاحظ ناصر يسرى وجاء نحوها. عندما رأى الخوف على وجهها، هزها من كتفيها. "لا تقلقي يا يسرى. لا شيء. كان العجوز علي يثرثر فقط. لا داعي للخوف ".

وقفت مثل الزومبي.

سحبها ناصر بالقرب منه. هدأها وهو يمسكها ملفوفة بيديه. "رائع، يسرى رائعة. أنا معك ".

دفنت يسرى وجهها في كتفي ناصر العريضين ووقفت هناك. توقف الوقت بينما كان احتضان الشاب يهدئ أعصابها المتوترة.

الفصل السابع
على الشاطيء

جلست زينب على الشاطئ مع يسرى وبشرى. كان ناصر وهيثم قد ذهبا في قارب إلى البحر. كان ناصر يأخذ دروسه الأولى في الغوص في أعماق البحار من هيثم.

استمرت زينب وبشرى في التحدث مع بعضهما البعض. لم يكن لديهم أي ندرة في الموضوعات لمناقشتها. جلبت يسرى الرواية التي كانت في منتصف الطريق. أبقت الكتاب مفتوحًا، لكنها لم تتمكن من التركيز فيه. تجولت أفكارها.

قالت زينب لبشرى: "كان الرجل العجوز علي غاضبًا أمس".

ذكر علي جعل يسرى تنظر إلى زينب. "ماذا حدث له ؟"

"كان يصرخ ويرقص حول برج المراقبة في المساء. أثناء اللعب سمعناه يصرخ وتجمع جميع الأطفال بالقرب من البرج ".

"لمن كان يصرخ ؟ هل يمكنك فهم ما كان يقوله أم أنه كان كالعادة بعض الهراء ؟"

"ليس بشكل كامل. لكنني أتذكر كلمات مثل "يذهبون، ثم لا يعودون أبدًا" و "يحدث ذلك دائمًا" وما إلى ذلك. ما كان يعنيه أنه لا يمكن لأحد تخمينه ".

أخذت يسرى نفساً عميقاً. كانت تعلم أن علي كان مستمرًا من حيث توقف في مزرعة ناصر. لم تخبر أي شخص عما حدث في اليوم السابق. سوف يطرح السؤال عن سبب ذهابها إلى مزرعة ناصر وليس لديها سبب للإعطاء. في هذه اللحظة، تبعت علي وهبطت أخيرًا في المكان الذي كانت تنوي الذهاب إليه. كان من الأفضل عدم مناقشته مع الآخرين.

"ربما كان يستعيد ذكريات حياته القديمة. قد لا يتذكر كل شيء في هذا العمر. كل ما يتبادر إلى ذهنه قد يأخذ شكل كلمات ويستمر في نطق أشياء لا معنى لها للآخرين ". حاولت يسرى ترشيد ثرثرة علي.

"تقول أمي إن الرجل العجوز علي ليس غاضبًا. المجانين يتصرفون بشكل مختلف. إذا لم يكن غاضبًا، فيجب أن يكون هناك بعض المنطق في حديثه. ربما يجب أن نقترب منه ونحاول فهم سبب صراخه. إذا سمعناه بشكل صحيح، فقد نعرف معنى كلماته أيضًا ". أشارت زينب إلى أنها كانت حريصة على معرفة علي.

"لماذا تريد التحدث عن علي ؟ أنا خائفة. دعونا نتحدث عن شيء لطيف. في الواقع، أشعر بالجوع "، قالت بشرى، وهي ترغب بشدة في تغيير الموضوع.

هذا جعل الآخرين جياعًا جدًا. فتحت يسرى حقيبة النزهة وأخرجت وعاء السندويشات الذي أعدته فاطمة لهم.

كانوا على شطيرتهم الثانية عندما أعاد القارب ناصر وهيثم. وانضموا أيضًا للحصول على نصيبهم من السندويشات.

"كيف كان درسك الأول يا ناصر ؟" كانت زينب حريصة على معرفة دروس الغوص لأخيها.

"لم يكن الأمر صعبًا كما اعتقدت. وبالطبع، جعل خبيرنا معي الأمور بسيطة وسهلة للغاية. لقد كان بالتأكيد نوعًا مختلفًا من التجربة للذهاب إلى أعماق البحر ومشاهدة كل تلك المخلوقات الجميلة التي رأيناها في الأفلام أو أحواض السمك. لقد قررت الذهاب إلى مسندم عندما يذهب هيثم إلى هناك بعد ذلك ". لم يستطع ناصر إخفاء سعادته بقدرته على الغوص في البحر.

"لماذا مسندم ؟ ما تراه هنا وسيكون هناك نفس الشيء، أليس كذلك ؟" لم تستطع بشرى احتواء فضولها. عرفت أن شقيقها أحب رحلاته إلى مسندم.

"على الرغم من أن البحر هو نفسه، إلا أن خليج عمان مختلف عندما يتعلق الأمر بمسندم. يسمون هذا الجزء مضيق هرمز. مسندم غنية بالحياة البحرية. نوع المخلوقات التي تراها في مياه مسندم، لا يمكنك أبدًا أن تتخيلها إذا كنت لا تراها بنفسك! عندما يتعلق

الأمر بالعجائب البحرية، فإن بلدنا شيء مميز للعالم بأسره ". كان هيثم فخوراً جداً عندما تحدث عن ثروة بلاده الطبيعية وثقافتها الغنية.

"إذن أنت الآن مستعد للدخول في مياه بركتنا في الغابة ؟" ظل هدف زينب الأول هو متابعة حلمها.

"ليس بعد. يجب أن أعتاد على التواجد داخل بدلة الغوص والتنفس من خلال أنبوب الأكسجين. لقد قررنا المجيء إلى هنا كل يوم للحصول على المزيد من الخبرة. يتطلب الأمر بالتأكيد بعض تمارين "التعود". بمجرد دخولي إلى البركة، يجب ألا أستسلم لضيق التنفس أو رهاب الأماكن المغلقة ".

"ماذا تقصد برهاب الأماكن المغلقة ؟" سألت زينب وبشرى في نفس الوقت تقريبًا. سمعت يسرى كونها قارئة متعطشة المصطلح المستخدم في العديد من القصص. عانت الشخصية الرئيسية لراوي القصص دان براون البروفيسور روبرت لانغدون من رهاب الأماكن المغلقة.

"هذا يعني الخوف من الأماكن المغلقة. يصاب بعض الناس بالضيق وضيق التنفس عندما يتم إغلاقهم داخل مكان ضيق. يعتقدون أنهم سيموتون. مصطلح الرهاب يعني الخوف ". استغرق ناصر دائمًا وقتًا لشرح الأشياء لأخته بشكل متقن حتى تظل محفورة في ذهنها.

"لاستكشاف البركة، قد لا نطلب أي معدات غوص. قال هيثم: "يجب أن نكون قادرين على الغوص والسباحة بطريقة طبيعية فقط من خلال حبس أنفاسنا".

"لكن هيثم، لا نعرف مدى عمق تلك البركة. من الظلام تحت السطح، أعتقد أنه يجب أن يكون عميقًا جدًا. شيء لن نتمكن من فهمه من البنك ". لم يكن ناصر مستعدًا لأخذ الأمور على محمل الجد.

"أنا أتفق معك. يمكننا أن نغطس أولاً لفهم الماء. وبمجرد أن نحصل على فكرة عن طبيعة البركة، يمكننا اتخاذ قرار حكيم ".

قالت يسرى: "على أي حال، من الأفضل دائمًا أن نكون مستعدين تمامًا عندما نغامر في المجهول".

"هناك شيء أردت أن أشاركه معك حدث مساء أمس." نظر ناصر حوله إلى أصدقائه.

فوتت يسرى دقات قلبها. اعتقدت للحظة أن ناصر سيتحدث عن وجودها في المزرعة. لكن ناصر كان حكيماً بما يكفي ليقول فقط ما هو مطلوب لمشاركته.

"جاء صديقنا العجوز علي إلى المزرعة في المساء. بقدر ما أتذكر كانت هذه هي المرة الأولى التي يأتي فيها إلى هناك. لم أره من قبل في أي مكان بالقرب من المزارع ".

"ماذا أراد منك ؟ ربما كان جائعاً، مسكيناً ". أشفقت زينب على الرجل العجوز.

"في اللحظة التي رآني فيها بدأ يصرخ في وجهي. لم أستطع أن أفهم ما كان يقوله. بدا مهتاجًا جدًا. كان يكرر نفس الأشياء ثم تمكنت من فهم ما يعنيه. كان شيئًا مثل أنني سأعاني من العواقب تمامًا مثل والدي إذا لم أستمع إليه. حذرني من الذهاب. قال إن والدي لم يستمع إليه والآن لا أحد يعرف إلى أين ذهب. أرادني أن أبقى في القرية وحذرني على وجه التحديد من الخروج ".

شاهد آخرون ناصر في رعب. كان لدى جميعهم نفس الفكرة في أذهانهم ــ كيف عرف علي عن خطتهم للذهاب إلى وادي بات ؟ لم يخبروا أحداً سوى نرجس. لم يتحدثوا بعد عن رحلتهم إلى والدي هيثم. لكن لا يزال علي يعرف بالضبط عن مشروعهم المخطط له!

"هل كان يقصد رحلتك إلى وادي بات ؟" كان هيثم أول من خرج من الصدمة حيث تظاهرت يسرى بالجهل. كانت الفتيات الصغيرات متوترات للغاية لدرجة أنهن لم يستطعن فتح أفواههن.

"ربما رأى زينو وأنا ذاهبين إلى وادي بات. لا بد أنه ثرثر بناءً على فكرة أنني قد أقوم برحلة ثانية إلى نفس المكان. قلقي ليس ذلك. ماذا كان يقصد بذكر أبي؟ أنا متأكد من أنه يعرف المزيد عن مكان والدي ". نظر ناصر إلى هيثم.

"ربما يكون صحيحًا أن بابا قد ذهب إلى وادي بات وأن الرجل العجوز علي كان على علم بذلك. يجب أن يكون هناك بعض الجني في ذلك المكان الذي جعل بابا يختفي ". كانت زينب على وشك البكاء.

"هيا يا عزيزتي زينو. لا تحزن. لقد رأيت والدك في حلمك في تلك القرية المفقودة وهذا ما سنبحث عنه. يجب أن تكوني فتاة شجاعة وألا تخافي من رجل مجنون يتحدث عن شيء ما ". حاولت يسرى، على الرغم من أنها هزت نفسها قليلاً، تعزيز أعصاب زينب.

"أنا لست خائفة يا يسرى. لكنني أشعر بالحزن كلما فكرت في أبي. يجب أن يكون وحده في مكان ما هناك يقلق علينا ". مسحت زينب عينيها ووضعت وجهًا شجاعًا.

طوال الوقت ظلت بشرى صامتة. كانت خائفة أكثر من أي شخص آخر. كانت مترددة في المغامرة في غابة لم يذهب إليها أحد من قبل. جعلها تحذير علي أكثر خوفاً. ومع ذلك، لم ترغب في الابتعاد عن أصدقائها، وخاصة زينب، عندما ذهبوا في رحلة.

"دعونا ننسى ما قاله علي لناصر والمضي قدمًا في استعداداتنا للرحلة. اليوم هو السبت بالفعل. لدينا ستة أيام أخرى فقط لنكون مستعدين تمامًا للرحلة ". صفق هيثم بيديه ليهتف للصغار ونهض.

"دعنا نذهب إلى الدانوب ونلقي نظرة على مواد الخيمة. هذا هو المطلب الأول. اقترحت يسرى أن نعود إلى منازلنا في الوقت المناسب لتناول الغداء خشية أن يقلق آباؤنا "، واتفق الآخرون معها.

وسرعان ما حزموا أمتعتهم وكانوا على الطريق السريع في الشاحنة. كان الدانوب في طريقه إلى صحار من ليوا. إن اللحاق

بالطريق السريع سيوصلهم إلى وجهتهم في غضون خمس عشرة دقيقة.

نظرًا لأنهم يعرفون بالضبط ما يريدون شراؤه من الدانوب، فلن يضيعوا الكثير من الوقت. لم يرغبوا في أن تتضور عائلاتهم جوعاً في انتظار عودتهم.

جميعهم كانوا قلقين من التحذير من الرجل العجوز علي. على الرغم من أنهم بذلوا قصارى جهدهم لعدم الكشف عن خوفهم من العرافة، إلا أن وجوههم أظهرت توترات.

الفصل الثامن
حادثة درويش

"إنه يوم الخميس بالفعل. غدا هو اليوم المهم بالنسبة لنا. دعونا نراجع قائمتنا المرجعية للتأكد من أننا لم نفوت أي شيء "، تحدثت يسرى مع القائمة أمامها.

جلسوا على طاولة الطعام في منزل نرجس. كانت قد دعتهم لتناول الإفطار معًا لإنهاء رحلتهم إلى وادي بات. أرادت أيضًا أن تفهم خططهم للغد.

بناءً على طلب زينب، اشترى ناصر *مالابار باراتا* من لولو. كانت نسخة "الحرارة والأكل" طعامًا مناسبًا. صنعت نرجس *صالونة* البيض لتتناسب مع الباراتا. تذوق كل من زينب وبشرى هذا الطبق.

قرأت يسرى قائمتها. تم الاعتناء بكل شيء باستثناء المواد الغذائية. تم بالفعل شراء المشروبات والبسكويت والكعك وحشوها في حقائبهم. كان من المقرر أن تعد نرجس أشياء مثل السندويشات والبرياني في صباح اليوم التالي حتى تظل طازجة طوال اليوم على الأقل.

وضعت يسرى القائمة جانباً. بحلول ذلك الوقت كان الإفطار جاهزًا وأصر الأطفال على انضمام نرجس أيضًا إليهم لتناول الطعام.

"أمي، هل يمكنني أن أسألك شيئًا ؟ الآن بعد أن ذهبنا إلى وادي بات، شعرنا بالفضول لمعرفة المزيد عن رحلات بابا. ماذا حدث في ذلك اليوم ؟" كان ناصر حريصًا جدًا في انتقاء كلماته حتى لا يزعج والدته.

اهتزت نرجس قليلاً من سؤال ناصر. كانت تتوقع أن يسألها ناصر أو زينب في يوم من الأيام عن هذا الأمر وكانت مستعدة للحديث عن زوجها المفقود. نظرت حولها إلى وجوه الأطفال. كانوا ينتظرونها بفارغ الصبر للإجابة.

"كان درويش رجل مغامرة وفي الوقت نفسه محب للطبيعة. لقد انسجم مع الجميع في القرية، من الأصغر إلى الأكبر، بنفس الطريقة. هذا يحبه الجميع.

"أمضى وقته في المزرعة. اعتاد سليمان، صديقه المفضل، أن يقول إنه كان طالبًا متلهفًا للغاية عندما يتعلق الأمر بزراعة الأشجار وزراعة الخضروات. من حين لآخر كان يذهب في رحلات إلى أماكن غير معروفة في الجبال لدراسة الطبيعة. عند عودته، كان يروي لي كل شيء عن تجربته. ناصر، قد تتذكر بعضًا من هذه ".

"نعم يا أمي. أنا أتذكر. ولكن ماذا عن اليوم الذي اختفى فيه ؟ إلى أين ذهب ؟ ألم يخبرك عن ذلك ؟ هل كان هناك أي شخص آخر معه ؟" كان ناصر حريصًا على الحصول على معلومات حول رحلة والده الأخيرة التي يمكن أن تتصل بالرجل العجوز علي.

"لا. عادة لم يناقش أبدًا خططه لهذا اليوم. سيفعل ما يتبادر إلى ذهنه عندما يخرج. ولكن في نهاية اليوم عندما عاد إلى المنزل وانتعش من الحمام، كان يبدأ في سرد أحداث ذلك اليوم ".

"هذا يعني أنك لم تعرف أبدًا إلى أين ذهب في ذلك اليوم المشؤوم ؟" سأل ناصر.

"لا فكرة لدي على الإطلاق. لكنني أتذكر أنه كان أكثر حماسة في ذلك اليوم عندما شرع في تلك الرحلة بالذات ". تومض مشاهد درويش المبتسم وهو يقبلها على عتبات منزلهم بينما يقول وداعًا عبر عيون نرجس. كانت تلك آخر نظرة لها على زوجها الحبيب. لم يكن بإمكانها أبدًا أن تخمن أنها لن تراه مرة أخرى.

"هل ذهب بابا من أي وقت مضى إلى أي مكان مع الرجل العجوز علي ؟" أخيرًا، خرج ناصر بالسؤال الذي لم يجرؤ على طرحه.

فوجئت نرجس بذكر الرجل العجوز علي. "لماذا ؟ لماذا تسأل عن علي ؟"

"بدافع الفضول يا أمي. أخبرني ما إذا كانا قد أجريا أي مناقشات معًا ".

"ليس على حد علمي. كان والدك شخصًا ودودًا وكما قلت سابقًا، عامل الجميع بنفس الطريقة. كان يقضي وقتًا جالسًا مع الرجل العجوز علي داخل برج المراقبة أو على المروج هناك. ما ناقشوه كان تخمين أي شخص ".

"بابا لم يخبرك بأي شيء عن علي ؟"

"كان درويش ممتنًا جدًا لعلي. اعتاد أن يخبرني أن علي يعرف الكثير من الأشياء وكان رجل خبرة. لقد مر الرجل الفقير بالكثير من التقلبات في حياته ".

"كيف لا يجرؤ أحد في القرية على التحدث إلى علي عندما كان بابا ودودًا معه ؟"

"كانت هذه سمة والدك الخاصة. كان لديه طريقة مع الجميع. درس شخصًا جيدًا لفهم اهتماماته وتحدث بنفس مستواه. عندما لم يكن الآخرون منزعجين من الرجل العجوز علي الذي يعتقد أنه مجنون، اقترب درويش منه بطريقة مختلفة. أعتقد أن علي لم يتحدث أبدًا إلى أي شخص آخر غير والدك في القرية ". كانت نرجس سعيدة لتذكر الجانب الإنساني لزوجها.

"ربما ذهبوا في تلك الرحلة الأخيرة معًا ؟" هذا السؤال، أو بالأحرى تصريح من زينب جعل الجميع يحدقون بها. كانت نرجس مذهولة وعاجزة عن الكلام.

"لماذا تفكرين هكذا ؟" سألت نرجس بمجرد أن استعادت وضعيتها.

نظرت زينب إلى ناصر. لم يكن لدى ناصر خيار آخر سوى الحديث عن حادث اليوم السابق في المزرعة.

ساد الصمت عندما توقف ناصر عن الكلام. حاول نرجس قياس خطورة ما قاله علي عن غير قصد.

قال نرجس في واقع الأمر: "يبدو أن هذه مسألة خطيرة".

"أنت على حق، عمتي. في الظروف العادية، كان يجب أن نتجاهلها كثرثرة من روح لا معنى لها. لكن حقيقة أن عم درويش كان قريبًا جدًا من الرجل العجوز علي لها بعض التأثير على ما قاله علي "، تحدث هيثم، وهو ينظر إلى نرجس.

"لكن ماذا نفعل ؟ هل تريد إلغاء المشوار ؟" أدار ناصر رأسه ليرى رد فعل كل واحد.

"لا، لا. لا تفعل ذلك. يجب أن نذهب إلى هناك ونبحث. ربما سنلتقي ببابا".

"أنا أتفق مع زينب. الآن بعد أن استعددت للرحلة، يجب عليك المضي قدمًا فيها. ولكن يجب أن تكون حذراً للغاية في نهجك للبحث في الغابة. في حالة وجود شيء أو شخص ما يمكن أن يأتي ضدك، يجب أن تكون قادرًا على توقعه ". أعطاهم نرجس الثقة.

"نحن مستعدون ذهنياً لمواجهة الأسوأ. لكن لا ينبغي لنا أبدًا أن نكون مفرطين في الثقة. هذا سيجعلنا راضين. علينا أن نتأكد من أننا نراقب كل خطوة نخطوها بمجرد دخولنا الغابة ". كانت يسرى تقرأ من ذاكرتها ما قرأته مؤخرًا في رواية واحدة.

"يمكننا أن نفعل شيئًا آخر ــ مقابلة العجوز علي ومحاولة جعله يخبرنا بما يعرفه عن وادي بات." اقترح ناصر.

"إنه لا يتحدث إلى أي شخص. إذن كيف تعتقد أنك ستتمكن من الحصول على شيء منه ؟" طرح هيثم هذا السؤال على ناصر.

"لا ضرر في المحاولة. إذا كان يتحدث، بشكل جيد وجيد. وإلا انسى الأمر. نحن لسنا أبدا أكثر حكمة ". ابتسم ناصر لهيثم.

"اذهبا وتكلما مع علي. لن نأتي ". فتحت بشرى فمها أخيرًا. كانت تستمع إلى كل الحديث عن علي وكانت خائفة تقريبًا.

"سيكون من الأفضل أن تذهب بمفردك إلى علي، ناصر. إذا رأى حشدًا، فلن يفتح فمه أبدًا. إنه لا يحب أن يكون مركز الجذب. لقد كان روحًا وحيدة دائمًا "، نصحت نرجس.

"أنا أتفق معك يا أمي. سأذهب إلى البرج وألتقي به خلال النهار. في حال كان مع بابا في ذلك اليوم المشؤوم، يجب أن يعرف ما حدث لبابا ".

سادت لحظة من الصمت المضطرب.

"أشك في ذلك. لو كان يعلم، ألن يكون قد أخبر الآخرين أو نظم فرقة بحث من القرية ؟ كان درويش الشخص الوحيد الذي كان ودودًا ولطيفًا معه ". كسرت نرجس الصمت.

"ليس بالضرورة. ليس لدى علي أي ارتباط بالآخرين. ربما كان يعتقد أنه حتى لو حاول تنبيه القرويين، فلن يأخذه أحد على محمل الجد. من ناحية أخرى، ربما كانوا سيتهمون الرجل العجوز علي بتعريض حياة العم للخطر. لذلك بطبيعة الحال، أبقى فمه مغلقاً "، تحدث هيثم بشكل منطقي.

"أنت على حق يا هيثم. أعتقد أيضًا أن هذا قد يكون أفضل تفسير لسبب التزام علي الصمت حتى الآن ". اتفق ناصر مع هيثم. "على أي حال، أعتزم معرفة ذلك."

وفي الوقت نفسه أنهوا إفطارهم. "الغداء في منزلنا." صرحت يسرى. "نخطط للتحدث عن برنامج الرحلات الخاص بنا مع والدينا عندما نتناول الغداء. سيكون من الأفضل أن يكون الجميع حاضرين حتى لا يقولوا "لا" لخططنا ".

"هل أخبرت فاطمة أننا سنأتي لتناول الغداء ؟ لا تضعها في ورطة من خلال التلميح في اللحظة الأخيرة. المسكينة فاطمة. كيف ستصنع الطعام للكثيرين منا، بمفردهم ؟" كانت نرجس تعرف جيدًا مدى صعوبة استيعاب هذا العدد الكبير في اللحظة الأخيرة لتناول طعام الغداء.

"في الواقع، اقترحت دعوتك لتناول الغداء لأننا كنا نتناول الإفطار معك. كانت بالفعل في المطبخ عندما غادرنا المنزل. سأساعدها بمجرد أن ننتهي هنا ". كانت يسرى مستعدة دائمًا لمساعدة والدتها في المطبخ لأنها تحب الطبخ.

"بمجرد أن أضع الأمور هنا، سأنضم إليك أيضًا يا يسرى". تطوعت نرجس.

وبهذا نهضوا من مقاعدهم.

الفصل التاسع
الإمام الصادق

بمجرد عودة هيثم ويسرى إلى منزلهما، خرج ناصر من المنزل. بقيت بشرى مع زينب.

ذهب ناصر بحثًا عن علي. لكن لم يكن من الممكن رؤية الرجل العجوز في منزل برجه. كان يتجول في القرية. لم يجرؤ على سؤال الآخرين عن علي خشية أن يصبحوا فضوليين حول سبب بحثه عن علي. عادة ما يتجنب الناس التواجد مع علي. بالتأكيد، سيتم رفع العديد من الحواجب إذا ذهب شخص ما بحثًا عن هذا الشخص غير المرغوب فيه.

لم يكن هناك أي أثر لعلي. لم يكن لدى علي أي روتين. يمكن أن يكون في أي مكان وفي أي وقت.

كان ناصر بالقرب من المسجد عندما خرج الإمام صادق من هناك. تبادلوا التحيات.

"لقد كنت هنا لفترة طويلة ويجب أن تكون قد رأيت وسمعت كل شيء عن الجميع في القرية. هل هذا صحيح يا شيخ صادق ؟"

"يبدو أنك تبحث عن شيء ما. تعال واجلس هنا بجانبي ". وأشار الإمام إلى المقعد الخرساني أمام المسجد. كان قد صنع حديقة صغيرة في الفناء الأمامي للمسجد وبنى بعض المقاعد أيضًا حتى يتمكن الناس من القدوم والاسترخاء في منطقة الإلهية.

جلسوا بجانب بعضهم البعض.

"لا أتذكر في الواقع كيف وصلت إلى هنا. لقد كنت يتيمة على حد علمي. تبناني الإمام العجوز محمود واعتنى بي. لم يتطوع أبدًا لإخباري من أين حصل علي ولم أجرؤ أبدًا على سؤاله. كان حبه لي نقيًا ولم أتوق أبدًا إلى أي شيء آخر. علمني الكتب المقدسة

والروتين الذي يجب اتباعه في المسجد. عندما غادر إلى مسكنه السماوي، تمكنت من تولي واجباته. كان هو أيضًا رجلًا وحيدًا ".

"يقول القرويون إن عمرك حوالي ثمانين عامًا. هل هذا صحيح يا شيخ ؟"

"إذا كانوا يعتقدون أنهم على حق، فلماذا يجب أن أنفيهم ؟ بالنسبة لي، العمر ليس عاملاً للقيام بما أعتبره واجبي. أنا أيضا ليس لدي أي فكرة عندما ولدت. إذن، هل العمر مهم على الإطلاق ؟ إن تتبع عمر الشخص هو للتخطيط لحياته حتى يكسب ما يكفي ليعيش

أطفاله دون صعوبة. إذا كنت تعيش الحياة كما هي، مثل أسلافنا، فلن يكون هناك شيء آخر مهم سوى مساعدة بعضنا البعض ".

"أنا أتفق معك يا شيخ. معظم الأطفال لا يعرفون عن الحياة التي عاشها آباؤهم. لا يسألون والوالدين لا يخبرون. لكنني أشعر أنه يجب على كل طفل أن يفهم المزيد عن حياة والديه ".

"ما تقترحه هو حقًا شيء جيد للعائلة. ومع ذلك، فإن الآباء فخورون جدًا بالحديث عن ماضيهم والأطفال ساذجون جدًا للسؤال عن ذلك ". ابتسم صادق.

"هذا صحيح تمامًا."

"أعلم أن عمري أو ماضيي ليس هو الموضوع الذي يقودك إلي. لماذا لا تصل مباشرة إلى النقطة التي تقلقك ؟" تمكن صادق من قياس عقل الشاب. كان الوجه اللطيف أمامه يكافح لإخفاء خوفه.

"في الآونة الأخيرة، انزعجت أختي برؤى والدنا. أردت أن أفهم ما كان يمكن أن يحدث له لإقناع أختي بأن تكون عملية وألا تقلق بشأنه بعد الآن ". نظر ناصر في عيني الرجل العجوز أمامه. ساد السلام في تلك العيون. التي جلبت صورة السلطان العظيم قابوس إلى ذهنه. العيون المسالمة المشرقة لحاكمهم الخيّر!

"أعلم أن والدك قد اختفى منذ حوالي عشر سنوات دون أن يترك أثراً. لا أحد في القرية، بما في ذلك والدتك، يعرف أين ذهب في ذلك اليوم. عندما لم يعد حتى في الليل، نبهتنا والدتك وأرسلنا مجموعات مختلفة إلى أجزاء مختلفة من هذه الولاية. لكن بلدنا شاسع للغاية، وكان من الصعب البحث في كل زاوية وركن. لقد بذلنا قصارى جهدنا، ولكن دون جدوى. حظاً موفقاً! هذا ما كان يخبئه القدر لذلك الدرويش المحبوب اللطيف ".

"هذا ما قالته لي أمي. لم يعتد أبدًا على مناقشة خططه مع ماما. بمجرد عودته إلى المنزل، كان يروي مغامرة ذلك اليوم لها. لم يكن لديها أدنى فكرة عن المكان الذي كان سيذهب إليه ".

"من المهم أن يثق الجميع في أحبائهم حول خططهم. في غياب أي معلومات، نشعر بالإحباط. ثم الملجأ الوحيد هو الصلاة له ". نظر صادق إلى السماء وهو يمد يديه في الصلاة.

"هل سبق لك أن حاولت التحدث إلى الرجل العجوز علي ؟"

ذكر علي جعل صادق يرتجف. "لماذا تسأل عن علي ؟"

"أخبرتني أمي أن والدي كان الرجل الوحيد في القرية الذي اعتاد علي التحدث معه. ربما لو كنت قد حاولت التحدث معه، لكان بإمكانك الحصول على بعض المؤشرات حول المكان الذي سافر إليه بابا ". نظر ناصر إلى الإمام وعيناه مليئتان بالأمل.

"لقد حاولت التحدث إلى علي عدة مرات لحثه على الحضور للصلاة. لكنه لم يستمع إلي أبداً. كان يحدق بي بعينين فارغتين ثم يبتعد. بالنسبة لعلي، كان هذا هو الحال مع معظم الناس في القرية. لطالما كانت النساء والأطفال خائفين منه. لا أحد يجرؤ على الاقتراب منه ".

"هل سألته أنت أو أي شخص آخر عن أبي ؟ هذا سؤالي ".

التزم الصدق الصمت لبعض الوقت. ثم هز رأسه ببطء.

نهض ناصر. كان يعلم أنه لا جدوى من إضاعة وقته في البحث عن أدلة مع الإمام. لم يصدر منه أي شيء. كان من الأفضل تركه للقيام بأعماله الروتينية.

"شكرًا لك يا شيخ. أتمنى لك يومًا سعيدًا للغاية!" وبهذا ابتعد ناصر عن الإمام.

"السلام عليك يا طفلي. دع الله يساعدك في سعيك من أجل والدك ". صرخ الإمام صادق.

كان صادق يعلم أنه من الصعب على ذلك الشاب عدم معرفة ما كان يمكن أن يحدث لوالده. على الأقل إذا كانت هناك شرارة أمل في مكان ما، لكان ذلك قد ساعده على المضي قدمًا بثقة، على أمل الحصول على الأخبار الجيدة في وقت ما في المستقبل. لكنه الآن كان يتلمس طريقه في الظلام. بالكاد كان هناك أي شعاع من الضوء ليظهر ليقوده.

تذكر صادق اليوم الذي اختفى فيه درويش. كان هناك مثل هذا اللون والبكاء في القرية منذ أن كان درويش رجلاً يحبه جميع القرويين. اعتادوا على قضاء أمسيات رائعة معًا، والاستماع إلى القصص الملهمة لبلدهم من درويش. لم يكن هناك شخص آخر في القرية سافر على نطاق واسع مثله. كان دائمًا على استعداد لمشاركة خبرته ومعرفته مع الآخرين.

عندما يختفي مثل هذا الشخص المحبوب، من الطبيعي أن ينزعج الجميع. كان اليوم الذي اختفى فيه درويش عنيفًا أيضًا. كان هناك الكثير من الأمطار لدرجة أنه لم يتمكن أحد من الخروج للبحث عن درويش أثناء الليل وقرروا بدء البحث في اليوم التالي. ذهب القرويون في مجموعات إلى العديد من الأماكن بحثًا عن درويش. في الأسبوع التالي كانوا يأملون في العثور عليه. لكن ببطء تلاشى حماسهم وظل درويش ذاكرة رقيقة. توقفوا عن الحديث عن درويش تمامًا خوفًا من إيذاء عائلته.

كانت زوجة درويش جريئة كما كان. لم توافق على نصيحة عائلتها بالزواج مرة أخرى وظلت مخلصة لذكرى زوجها. على الرغم من كونها وحيدة، فقد ربت أطفالها بشكل جيد.

تذكر صادق أن الرجل العجوز علي لم يشاهد لعدة أيام بعد الحادث. منذ أن اعتاد أن يظهر ويختفي بين الحين والآخر، لم يهتم به أحد. كان صادق قد حاول التحدث معه عند عودته إلى القرية بعد حادثة درويش. كان قد اقترب من علي كالمعتاد لإقناعه بحضور صلاة الجمعة على الأقل.

عادة ما كان علي يستمع إليه ثم يبتعد بهدوء. لكن في ذلك اليوم تصرف بشكل مختلف. أصبح متحركًا وصرخ في وجهه بشكل غير متماسك. ثم أشار بإصبعه إلى صادق وهز رأسه. ظل صادق هادئًا ويحدق في عيني علي. هذا جعل علي يهدأ. التفت وابتعد.

بعد تلك الحادثة، حاول صادق مواجهة علي عدة مرات لجعله يتحدث. لكن علي اعتاد دائمًا على تجنب الإمام. لم يمنحه أبدًا فرصة للتحدث معه.

الآن بعد أن تحدث ناصر عن علاقة علي بوالده، تذكر صادق الحادث القديم. كان إخبار ناصر عن هذا عديم الفائدة. وهذا لن يجلب له أي عزاء. بل من شأنه أن يضعه في مزيد من الألم. بإذن الله، قد يتحدث علي إلى ناصر.

قال ناصر إن أخته لديها رؤى عن والدها. عادة، يحصل الناس على رؤى لأعزائهم إما عندما كانوا على وشك الموت أو عندما كانوا على وشك رؤيتهم بعد غياب طويل. في كلتا الحالتين، يمكن تفسير أن درويش لا يزال على قيد الحياة في مكان ما.

بسط الإمام صادق يديه ونظر إلى السماء. كان الله المحسن دائمًا هناك يعتني بأطفاله على الأرض. لم يكن ليجلب لهم الحزن عن قصد. إذا كان قد جلب البؤس لأي شخص، كان هناك دائمًا سبب منطقي وراء ذلك.

صلى الإمام من أجل درويش وعائلته، على أمل أن يعيشوا معًا قريبًا.

الفصل العاشر
القيادة إلى وادي الخفافيش

كانت زينب متحمسة. كان يوم الجمعة وكانوا مستعدين للانطلاق في رحلتهم إلى وادي بات.

كان ناصر قد جهز سيارته من تويوتا للرحلة التي تستغرق يومين. تمت صيانته في اليوم السابق وامتلأ خزان البنزين بالكامل. تم فحص الإطارات. كانت السيارة في حالة ممتازة.

تم تحميل الخيام ومعدات الغوص والطعام والماء والمشروبات وحقيبة الإسعافات الأولية ومعدات السلامة في الجزء الخلفي المفتوح من الشاحنة. قاموا بتغطيتها بورقة من القماش المشمع للحفاظ عليها آمنة من الغبار على الطريق.

أخذت زينب مقعد النافذة الأيمن. أرادت الاستمتاع بالمناظر الطبيعية على جانب الطريق. أرادت بشرى أن تكون إلى جانب أعز صديقاتها. حصلت يسرى على مقعد النافذة الآخر. كان ناصر بالفعل في مقعد السائق ودخل هيثم أيضًا.

انضم سليمان وفاطمة إلى نرجس لرؤية الأطفال في رحلتهم. شرح الأطفال برنامجهم خلال غداء اليوم السابق في منزلهم. نظرًا لأنهم كانوا في طريقهم إلى مكان قريب وكذلك مع ناصر وهيثم، لم يكن لديهم أي اعتراض على سفرهم. ذكّرهم سليمان بأن يكونوا آمنين دائمًا وألا يقفزوا إلى أشياء غير مرغوب فيها.

جميع هواتفهم الخلوية مشحونة بالكامل. علاوة على ذلك، كانوا يحملون حزمة بطارية أيضًا.

غادروا منزلهم بحلول الساعة التاسعة صباحًا. على بعد كيلومتر واحد، انعطف الطريق يمينًا نحو وادي بات. وقال أربعة عشر كيلومترا من هناك إلى وجهتهم. كان الكيلومتر التالي طريقًا اسفلتيًا جيدًا جدًا. كانت عمان مشهورة جدًا بشبكة الطرق وجودة الطرق.

"زينب، قلت إن الطريق ليس جيدًا. يبدو أن هذا في حالة جيدة "، قالت بشرى لصديقتها.

"لا تكن سعيدًا قريبًا جدًا. الآن سترى ". ابتسمت زينب ودسّت بشرى في أضلاعها، وأشارت إلى الخارج. "تم الانتهاء من هذا الجزء مؤخرًا. من علامات الطريق، يمكنك أن تتبين أن الطريق جديد ".

وانتهى الطريق المعبّد وارتجفت السيارة على الطريق المعبّد بالحصى. كان ناصر حريصًا جدًا في القيادة خشية أن ينسكب الطعام والمشروبات من أكياسهم. استمتعت زينب وبشرى برميهما على بعضهما البعض مع حركة السيارة. تمسكت يسرى بالمقعد الأمامي.

"الآن لدينا حوالي ستة كيلومترات من هذا الطريق ثم ..." تحدث ناصر وتوقف عند ذلك.

"إذن، الداخل أفضل من هذا، أليس كذلك ؟ ربما ألحقت الأمطار الأخيرة الضرر بهذا الجزء من الطريق ؟" سألت يسرى ناصر.

"حتى قرية بات، الطريق محتمل. بعد ذلك لا يوجد طريق تقريبًا. تم كسر الصخور الجبلية وتم توسيع الطريق بما يكفي لتحرك السيارة. ستتلف السيارات العادية هيكلها السفلي. وستصل الشاحنات الصغيرة والدفع الرباعي إلى وادي بات ". أوضح ناصر.

قالت زينب: "من الأفضل أن يظل الطريق هكذا".

"لماذا ؟ ألا تريد التطوير ؟" تفاجأت بشرى.

"إذا كانت الطرق جيدة، فإن العديد من الأشخاص الذين يرتدون زي السياح سوف يجتاحون هذه المنطقة. سوف يدمرون صفاء وجمال هذه الأرض الجبلية، وينثرون البلاستيك في كل مكان ".

وافقت يسرى: "أنت على حق يا زينب". "يجب على الحكومة حظر استخدام البلاستيك وخلق الوعي بين الناس للحفاظ على الطبيعة."

"هناك العديد من الكتب التي تركز على الحفاظ على بيئتنا. يجب تشجيع الأطفال وكذلك البالغين على القراءة وفهم قيمة الحفاظ على بيئتنا نظيفة ". قال ناصر.

"كنت أخبر والدي عن تثقيف قريتنا حول الحفاظ على بيئتنا. لا يمكنك أن تتوقع من حكومتنا أن تفعل كل شيء من أجلنا. إذا اتبعت كل قرية نظام النظافة الخاص بها، يصبح الأمر سهلاً ". تحدثت يسرى من قلبها.

"أنا أتفق معك يسرى. وبمجرد عودتنا إلى قريتنا، يمكننا معالجة هذه المسألة مع شيوخنا ". كان ناصر سعيدًا بالوقوف إلى جانب يسرى.

"كيف يمكننا نحن الأطفال قراءة كل هذه الكتب ؟ ليس من الممكن أن نضطر إلى شرائها للقراءة "، نظرت زينب إلى يسرى.

أجابت يسرى: "يمكنك الوصول إليها من مكتبة المدرسة".

"ماذا نفعل عندما تكون المدرسة مغلقة ؟ كما هو الحال الآن، لدينا عطلتنا ولا يمكننا الوصول إلى المكتبة في مدرستنا. عندما تكون المدرسة مفتوحة، لدينا الكثير من العمل للقيام به لفصولنا الدراسية لدرجة أننا لا نحصل على ما يكفي من الوقت لقراءة الكتب الأخرى ". انضمت بشرى أيضًا إلى النقاش.

"يسرى، أنت تقرأين الكثير ولديك العديد من الكتب معك. لماذا لا تبدأ مكتبة في قريتنا ؟ يمكنك وضع كتبك ويمكننا أن نطلب من الآخرين المساهمة عن طريق إعطاء الكتب أو المال لشراء كتب جديدة ".

"برافو، هذه فكرة رائعة يا زينب، عزيزتي!" صفق هيثم بيديه تقديراً لاقتراح زينب. "أنا أتفق معك تمامًا. يمكن ترشيح يسرى لتكون أمينة المكتبة. أعتقد أنها في قريتنا هي التي تقرأ أكثر. حتى الآن يجب أن تحمل كتابًا في حقيبتها ".

أدار هيثم رأسه لينظر إلى يسرى. ابتسمت وأومأت برأسها. "سأكون سعيدًا جدًا بتنسيق هذا المشروع الجديد. دعونا نقرر أن هذا سيكون هدفنا بمجرد عودتنا من هذه الرحلة إلى المجهول ".

صفقوا جميعًا وسط الضحك.

وفي الوقت نفسه عبروا قرية بات. كان لديها عدد قليل من المنازل على كلا الجانبين، متباعدة على نطاق واسع. كان لدى معظم المناطق الداخلية في البلاد عدد قليل جدًا من السكان، الذين كانوا هناك لسنوات. في الغالب، سيكونون جزءًا من نفس العائلة. حتى

الأكبر سنا لن يعرف كم من الوقت كانت العائلة هناك. عاشوا هناك مع مرافق محدودة وانتظروا التنمية للوصول إلى قراهم أيضًا.

سرعان ما بدأت التضاريس الجبلية المنحدرة في الصعود وأصبح الطريق لا شيء تقريبًا. كانت هناك صخور مكسورة منتشرة في كل مكان وكانت واسعة بما يكفي لتحرك السيارة دون تآكل جوانب الجبل. على الجانب الأيمن، يمكنهم رؤية الوادي مع القليل من المياه في الأسفل.

عندما وصلوا إلى أعلى نقطة، أوقف ناصر السيارة. أشار بإصبعه إلى الأسفل. "انظر هناك. يمكنك أن ترى وادي الضبعينينضم إلى وادي الخفافيش. الوادي الذي يتدفق خلف قريتنا يأتي على طول الطريق إلى هذا المكان ".

"سيكون مشهدًا رائعًا خلال الأيام الممطرة." كان هيثم غارقًا في مشهد التقاء الوديان.

"خلال موسم الأمطار سيكون من الصعب للغاية الوصول إلى هنا. سيكون انزلاق الصخور إلى الأسفل تهديدًا للسائقين ". كان ناصر يعرف التضاريس جيدًا.

اختارت زينب مقعد النافذة الأيمن حتى تتمكن من رؤية جمال الوادي. نزلت النافذة والتقطت الصور على هاتفها المحمول.

"إذا أراد أي شخص الخروج لالتقاط الصور، فنحن نرحب به." أعلن ناصر.

لم تكن الفتيات مرتاحات للخروج على الصخور. خطوة واحدة خاطئة يمكن أن تكون خطيرة. لم يكن هيثم حريصًا جدًا على التصوير الفوتوغرافي.

"يمكنك المضي قدمًا يا ناصر. لا حاجة لأي صور الآن. دعونا نصل إلى وجهتنا في أقرب وقت ممكن ". تحدثت يسرى بعد النظر إلى وجوه الفتيات الصغيرات.

قام ناصر بتحريك التروس لتحريك السيارة للأمام. كان من الصعب القيادة فوق الصخور. كان عليه أن يكون حذرا لتجنب الحواف الحادة للصخور خشية أن تتلف الإطارات. هزت السيارة من جانب إلى آخر. احتفظ الآخرون بالمقاعد.

انحدر المسار إلى الوادي. كانت رحلة محفوفة بالمخاطر. من المؤكد أن السائقين المتهورين سينتهي بهم المطاف بمحاور مكسورة.

بعد حوالي خمس عشرة دقيقة وصلوا إلى وجهتهم. كان وادي بات يتدفق بهدوء أمامهم. ستجف الأودية في البلاد في معظم أجزاء العام. ومع ذلك، بعد هطول الأمطار من حين لآخر، ويرجع ذلك أساسًا إلى المنخفضات التي يتم تطويرها في بحر العرب، ستمتلئ الوديان جزئيًا. فضل معظم السياح زيارة هذه الوديان في ذلك الوقت للنزهات وحفلات الشواء.

أوقف ناصر السيارة بعيدًا قليلاً عن حافة الماء. خرجوا من السيارة ومدوا أطرافهم لتخفيف تشنجاتهم من محرك الأقراص الهزاز.

"علينا أن نسير أكثر في الداخل للوصول إلى البركة. يمكننا نصب خيامنا هنا والمشي إلى البركة. يمكننا العودة لاحقًا للراحة في الخيام ". قال ناصر.

"إذا تركنا طعامنا وموادنا الأخرى هنا، فإن بعض الحيوانات مثل الفئران، يمكن أن تلحق الضرر به. لا يمكننا تركهم دون حراسة ". قال هيثم.

"هذا منطقي. ثم علينا أن نحمل جميع المواد معنا إلى جانب البركة. هل الفتيات مستعدات ؟" سأل ناصر.

"دعنا نذهب إلى جانب البركة. أريد أن أبقى بالقرب من البركة دائمًا، حتى في الليل ". كانت صورة بابا زينب في ذهنها. لم ترغب في تفويت لحظة واحدة بالقرب من المكان الذي كانت تعتقد اعتقاداً راسخاً أن بابا سيكون فيه.

"ليس لدينا أي مشاكل في حمل هذه الأشياء والمشي. إذا كان الفتيان يستطيعون فعل ذلك، فنحن الفتيات لا نتخلف أبداً. قالت يسرى وهي تنظر بشدة إلى ناصر: "دعونا نخرج الأشياء من الشاحنة".

"أنا أنحني أمام قوة المرأة!" وضع ناصر يده اليمنى على صدره وانحنى نحو يسرى.

أخرجوا المواد من الشاحنة. أقفل ناصر السيارة ووضع المفاتيح في جيبه.

بدأوا الرحلة وهم يحملون البضائع لإقامتهم لمدة يومين بالقرب من البركة. أخذ ناصر وهيثم نصيب الأسد من الأشياء لإعطاء عبء أقل للفتيات.

ساروا فوق المسار الذي استخدمه ناصر وزينب خلال زيارتهم الأولى للمكان. قاد ناصر الطريق واستمر في الحديث حتى لا يشعروا بمشقة الرحلة. كان هيثم في المؤخرة حتى يتم حماية الفتيات في المجموعة من كلا الطرفين.

لم يكن المشي عبر الشجيرات والصخور سهلاً للغاية لأن لديهم الكثير ليحملوه معهم. كان ناصر شديد الحذر حتى لا يحدث أي شيء غير مرغوب فيه لإخافة الفتيات. على الرغم من الرحلة الصعبة، استمرت الفتيات في الثرثرة. كان هيثم صامتًا في الغالب كالمعتاد. كان يفضل العمل بدلاً من التحدث.

كانوا يقتربون من الفسحة في الغابة. عندها سمعوا صوت وقع خطوات أمامهم. توقف ناصر في مساره ورفع يده لتحذير الآخرين. وتوقفوا أيضاً.

بحذر، تقدم ناصر للأمام كما لو كان يقيس خطواته. تبعه الآخرون ببطء.

فجأة، ظهر شخص أمامهم على حافة التلال الكثيفة.

الفصل الحادي عشر
يبدأ SERACH

فوجئوا برؤية الشخص الذي أمامهم. لقد كان الرجل العجوز علي!

بحلول ذلك الوقت، كانوا قد دخلوا إلى المقاصة في منتصف الشجيرات. يمكنهم رؤية البركة في النهاية البعيدة.

كان علي مبتلًا.

كان من الواضح أن علي كان داخل البركة. لم تكن هناك وسيلة أخرى للبلل غير البركة.

وقفوا هناك يحدقون في علي. كان علي أيضًا مندهشًا بعض الشيء لرؤية شخص آخر في عمق الغابة.

استعاد توازنه قريبًا. "أخبرتك ألا تأتي. الآن عليك أن تعاني من العواقب!" صرخ بصوت عالٍ وركض نحو الشجيرات من حيث أتوا.

عندما اختفى علي في الأدغال، تنفس الأطفال الصعداء. لقد خافوا حقًا من الظهور المفاجئ للرجل العجوز علي. لم يتوقعوا أبدًا رؤية شخص آخر داخل الأدغال.

"يبدو أن هذا هو المكان الذي يأتي فيه علي عندما يختفي من القرية لعدة أيام. من الواضح أنه يقضي وقته هنا، يستحم في البركة ". كان ناصر أول من استعاد وضعيته.

"لكنه لا يملك منشفة لتجفيف نفسه أو تغيير ملابسه. غريب جدا!" شعرت زينب بالشفقة على علي.

"حسنًا، لا بد أنه يعود سيرًا على الأقدام إلى القرية. بحلول الوقت الذي يصل فيه إلى هناك، سيجف في الشمس ". كان صوت هيثم ساخراً بعض الشيء.

"انسى علي. قال ناصر وهو يضع أمتعته على الأرض:
"دعونا ننصب خيامنا".

"لا حاجة للاقتراب من حافة الغابة. اقترحت يسرى أن هذه
المنطقة في الوسط ستكون مكانًا مثاليًا لخيامنا ".

سرعان ما انغمسوا تمامًا في مهمة نصب الخيام وجعل
أنفسهم مرتاحين في الفسحة. بينما نصب الفتيان ويسرى الخيام، رتبت
الفتيات الصغيرات مواد أخرى داخل الخيام. وبمجرد تحديد مكان
راحتهم، جلسوا في العراء لتناول طعام الغداء.

البرياني العمة لذيذ حقًا. قال هيثم وهو يدفع قطعة كبيرة من
البرياني في فمه: "بعد إنفاق الكثير من الطاقة في الرحلات والنصب،
فإن هذا الطعام الجميل مرحب به حقًا".

"تناول الطعام ببطء، هيثم. إذا كنت تتحدث كثيرًا مع الطعام
داخل فمك، فسوف تخنق نفسك حتى الموت. من الأفضل أن تكون
حذراً "، حذرت يسرى شقيقها. "أنت دائمًا في عجلة من أمرك لإنهاء
طعامك."

"دعونا نتحدث عن كيفية إجراء بحثنا عن القرية المفقودة."
كانت زينب مهتمة بمعرفة نهاية حلمها أكثر من الطعام.

"أنا وهيثم سنغوص في البركة. قال ناصر: "سنذهب تحت
الماء لاستكشاف ما يخبئه لنا".

"يمكننا أن نرى مدى عمقها. في وقت لاحق إذا لزم الأمر
يمكننا العودة للدخول في معدات الغوص. هل هذا جيد يا ناصر ؟"
سأل هيثم.

وافق ناصر: "ممتاز". "هذه هي أفضل طريقة لبدء
مسعانا."

"إذا كان هناك شيء ما في الأسفل، ألن يراه الرجل العجوز
علي ؟ لماذا قال إننا سنعاني من العواقب الآن ؟" كانت بشرى لا
تزال مهزوزة قليلاً من اللقاء مع علي.

"بشرى على حق. يجب أن يعرف علي ما يوجد في الأسفل". وقفت يسرى إلى جانب أختها.

"كان علي قد دخل البركة بمفرده. لا توجد معدات غوص. ربما بدلاً من العمق، يكون للبركة طول أكبر. أعني، ما نراه فوق الأرض ليس هو البركة الفعلية. يمكن أن يمتد تحت الأرض إلى ما وراء الغابة التي نراها من هنا ". كانت زينب تحاول تذكر حلمها عن البركة.

"برافو! إذا كان هذا صحيحًا، فهذا يفسر سبب عدم تمكن علي من العثور على أي شيء هناك وقد يكون هذا هو السبب بالضبط في أنه يحذرنا من الذهاب إلى البركة ".

"تخيل هذا — قبل عشر سنوات، جاء عم درويش إلى هنا مع علي لاكتشاف شيء مهم. يدخل العم إلى البركة وينتظر علي على الضفة. يستمر في الانتظار ولا يعود العم. لذلك، يذهب هو أيضًا إلى الداخل ولا يستطيع العثور على صديقه في أي مكان تحته. نظرًا لأن البركة طويلة جدًا، فهو غير قادر على الذهاب أبعد من ذلك. يستمر في العودة إلى هنا للبحث عن صديقه. لا يزال يعتقد أن عم درويش في مكان ما هناك ". استخدمت يسرى خيالها المستمد من العديد من الكتب حول أفلام الإثارة الإجرامية والألغاز الغامضة.

"أعتقد أيضًا أن هذا يمكن أن يكون تفسيرًا معقولًا. يجب أن يكون بابا هناك في مكان ما تحت كل هذا الماء. علينا أن نجده أو بالأحرى سنجده بالتأكيد ". أظهر صوت زينب أنها سعيدة بإمكانية تحقيق حلمها.

"دعونا نتخذ الخطوة الأولى من خلال الدخول إلى صناديق السباحة الخاصة بنا والقيام بالمراقبة الأولية للمنطقة تحت البركة." انتهى ناصر من الأكل ونهض.

بعد الانتهاء من غدائهم، استحموا ثم جلسوا معًا في دائرة. امتد هيثم وناصر للاسترخاء لبعض الوقت قبل الشروع في مهمتهما.

استمرت الفتيات في التحدث مع بعضهن البعض. كلما اجتمعوا، كانوا في مزاج للتحدث.

بعد نصف ساعة نهض ناصر وهيثم وارتديا سروال السباحة الخاص بهما. جلست الفتيات هناك، يشاهدن الأولاد ينزلون لدخول البركة.

"كن حذراً. صرخت يسرى: "لا تستعجلي".

نظر ناصر إلى الوراء ولوح بيده. بعد أن أظهر علامة رفع الإبهام، قفز إلى الماء. تبعه هيثم.

أوقفت زينب وبشرى ثرثرتهما وجلستا تحدقان في البركة. كانوا حريصين على معرفة ما سيراه إخوانهم تحت الماء.

"ليس علينا أن نخاف عليهم"، هدأت يسرى الفتيات المتوترات. "كان علي في الداخل ولم يحدث له شيء. لذلك، لا يوجد خطر فوري في السباحة في البركة ".

"أنت على حق، يسرى. أنا أكثر حرصًا على معرفة ما يقررون القيام به بعد ذلك ". قالت زينب. "كما قلت إذا كان الجزء الطويل من البركة موجودًا، فإلى أي مدى سيمتد وكيف نخطط لاجتياز تلك المسافة تحت الماء ؟ هذا ما كنت أفكر فيه ".

"لا تقلق، كل من هيثم وناصر بارعون في السباحة. يمكنهم بسهولة القيام بالطول بمجرد ارتداء معدات الغوص ". كررت يسرى ثقتها في الأولاد الكبار.

"يمكنهم فعل ذلك. ماذا عنا ؟ نحن أيضًا يجب أن نكون قادرين على رؤية عجائب الطبيعة ". صرخت زينب. "لا أريد أن أفوت كل ذلك إذا كان ما رأيته في حلمي صحيحًا."

"هذا صحيح. لست متأكدًا من كيفية متابعتنا للأولاد. لا يوجد سوى ترسين للغوص. حتى لو عرفنا أن السباحة لن تكون كافية للبقاء على قيد الحياة في هذا الممر الطويل من الماء ". كانت يسرى أيضًا متشككة.

ثم ظهر الأولاد على السطح. لقد اختفوا لمدة عشر دقائق تقريبًا. صعدوا ضفة البركة نحو الفتيات. كان الماء يتساقط من جميع أنحاء الجسم وكانوا يلهثون للتنفس.

نظرت الفتيات إليهن بترقب. في هذه الأثناء، ألقت يسرى منشفتين عليهما فقبضوا عليهما على الفور وبدأوا في تجفيف أنفسهم.

"يبدو أن محققنا يسرى على حق. البركة ليست عميقة هنا. لكنه يمتد كثيرًا تحت الأرض. سبحنا لفترة تحت الماء. لكن لم يكن هناك نهاية لذلك. كان من الصعب محاولة السباحة أكثر وعادنا ".

"الآن سنذهب مع معدات الغوص. هذه هي الطريقة الوحيدة للوصول إلى نهاية النفق تحته ". قال هيثم.

"هل هي بهذا الطول ؟ هل تعتقد أنه يمكن أن يكون هناك شيء أبعد من ذلك ؟" سألت زينب بترقب.

"لا فكرة لدي يا زينو. علينا أن نستكشف أعماقنا. ولكن، بالطبع، ستكون هناك دائمًا فرصة لأن تمطر علينا عجائب الطبيعة بوفرة. سيتحقق حلمك. انتظرنا!" ربت ناصر على أخته الصغيرة.

اختفى هيثم وناصر في خيمتهما. بعد فترة خرجوا مجهزين بالكامل للغوص تحت الماء.

صفقت زينب وبشرى تقديرًا لإخوانهما الكبيرين في الزي الجديد المستعدين لبدء استكشافهما.

"بمجرد أن تجد نهاية البركة، ستعود لتأخذنا إلى هناك، أليس كذلك يا ناصر ؟" كانت زينب لا تزال تشك في كيفية رؤيتها للجانب الآخر من البركة.

"عزيزتي بالتأكيد!" لوّح ناصر لزينب. "نحن نقوم بذلك من أجلك بشكل أساسي. لذلك، يجب أن تكون جزءًا من أي اكتشاف لا بد لنا من القيام به ".

"لكن كيف يمكننا السباحة دون معدات الغوص ؟" صرخت يسرى.

"لا تقلقي يا أختي". أمسك هيثم يده بالقرب من قلبه. "بمجرد أن نعرف مدى أمانها هناك، سنأخذك واحدًا تلو الآخر. سنتأكد من حصولنا جميعًا على فرصة لرؤية عجب هذه الطبيعة ".

وبذلك غاص كل من هيثم وناصر في الماء. وقفت الفتيات هناك يحدقن في التموجات على سطح الماء التي شكلتها تلك الشخصيات التي اختفت في البركة.

يمكنهم رؤية الأرقام تتحرك نحو القاع. سرعان ما توقفت التموجات، مما جعل السطح ثابتًا.

"هيثم الحلو! سيأخذنا أيضًا ". كانت زينب مبتهجة.

جلست الفتيات الثلاث على الأرض في انتظار عودة إخوانهن.

الفصل الثاني عشر
اجتماع الجمعة

كان يوم الجمعة وكان الرجال في القرية قد تجمعوا أمام المسجد. أصبح الاجتماع الأسبوعي قبل الصلاة روتينًا بالنسبة لهم. لقد كان وقتًا مثاليًا لتبادل المجاملات بالإضافة إلى الأخبار من المدينة.

"سلام، سليمان. سمعت أن أطفالك ذهبوا في نزهة ". علم محمد بذلك من أولاده. "يريد طلال أيضًا الذهاب في نزهة. لقد كان يضايقني منذ صباح اليوم ".

"خطط الأطفال لذلك بأنفسهم وتعرفنا عليه بالأمس فقط. أنت تعرف أن بشرى وزينب دائمًا ما تكونان معًا. أجاب سليمان: "كانت فكرتهم الذهاب في رحلة".

"ربما يجب أن نخطط لرحلة للقرية بأكملها. المدارس مغلقة والأطفال يجلسون مكتوفي الأيدي في المنزل. الخروج في العراء للاستمتاع بالطبيعة سيكون جيدًا لتطور عقولهم ". كان عبد الله، كونه معلمًا، يحب دائمًا أن يكون مع الأطفال. كان الأطفال يعشقونه أيضًا في المدرسة. كان لديه طريقة معهم. كان مولعًا بإخبارهم القصص وتثقيفهم بطريقة عملية.

"ستكون هذه فكرة جيدة. نزهة للقرية. ليس فقط الأطفال، سترحب السيدات أيضًا بهذه الفكرة ". كان محمد مستعدًا للنزهات. "سيكون تحويلًا جيدًا لنا أيضًا عن الروتين اليومي لعملنا. لا أمانع في الحصول على رائحة أخرى غير رائحة الخبز والكعك ".

اقترح بدر: "يمكننا التخطيط للجمعة القادمة" لأن ذلك من شأنه أن ينقذه من إغلاق متجره في يوم عمل.

"لا يمكننا تفويت صلاة الجمعة في المسجد. لذلك، سيكون من الأفضل الاحتفاظ بها يوم السبت. إذا كنت ترغب في الذهاب يوم الجمعة، فيجب أن يكون ذلك في فترة ما بعد الظهر بعد الغداء ". كان الشيخ أحمد مميزًا جدًا عندما يتعلق الأمر بالصلاة. كان يعلم أنهم إذا

وضعوا سابقة لتخطي الصلوات في المسجد يوم جمعة واحدة، فستصبح عادة.

"ستكون نزهة نصف يوم قصيرة جدًا. دعونا نفعل ذلك يوم السبت. يمكننا الاستفادة من اليوم بأكمله. إلى جانب ذلك، فإن تناول الغداء معًا في العراء يجلب أفضل المتعة "، اتفق عباس مع الشيخ.

"لكن إلى أين نذهب ؟" سأل عبد الله. "علينا أن نختار مكانًا جيدًا حيث يمكن للأطفال اللعب والاستمتاع بجمال الطبيعة. يجب أن يتعلموا المزيد عن البيئة التي يعيشون فيها ".

"يجب ترك اختيار مكان النزهة للأطفال ليقرروا. وقال محمد: "سيناقشون فيما بينهم ويخرجون مع مكان جيد". "ستساعدهم أمهاتهم أيضًا."

"الآن بعد أن قررنا النزهة، لدي مشكلة مهمة لأناقشها معكم جميعًا." كما ذكر سليمان ذلك، نظر إليه الرجال أمامه بفارغ الصبر.

"أفصح عن ذلك يا سليمان. كلنا آذان صاغية، سواء كان الأمر خطيرًا أو ممتعًا "، فتح حبيب الذي كان صامتًا حتى ذلك الحين فمه.

"حسنًا. قال سليمان: "سيقلقك الأمر أكثر يا حبيب". "البلاستيك هو المشكلة. كنت قد رأيت في الأخبار حول القضايا الناجمة عن اعتمادنا المفرط على المواد البلاستيكية. نستخدم الكثير من الأكياس البلاستيكية ونرميها، مما يعرض بيئتنا للخطر. عندما تسافر من صحار إلى مسقط، يجب أن تكون قد لاحظت عدد العبوات البلاستيكية الملتصقة بالأسوار على كلا الجانبين وحتى على أغصان أشجار الطريق ".

"سليمان على حق. أعتقد أن هذه القضية تجري مناقشتها في المجلس أيضًا". قال عبد الله. "في مدرستنا، يضع المعلمون بعض الخطط لتوعية الأطفال بهذا الخطر ."

"ستستمر هذه المناقشات لفترة طويلة. يجب أن نتخذ قرارًا معًا لتجنب البلاستيك في حياتنا اليومية. ما لم يمارس كل واحد منا ما نعظ به، فلن نصل إلى أي مكان في هذه القضية ".

"دعونا نسمع ما يدور في ذهن سليمان. ثم يمكننا مناقشة اقتراحاته "، تدخل الشيخ أحمد وألمح إلى سليمان للمتابعة.

"يجب على حبيب التوقف عن إعطاء البقالة في هذه الأكياس البلاستيكية والإصرار على أن يجلب كل واحد حقائبه الخاصة ؛ يمكن أن تكون أكياس ورقية أو قماش لحمل الأشياء من المتجر. نفس القاعدة تنطبق على مخبز محمد أيضًا "، اقترح سليمان.

"اقتراح جيد جدا، سليمان. ليس لدي أي مشاكل. في الواقع، هذا سيوفر لي الكثير من المال في شراء هذه الأكياس البلاستيكية. أنا لا أستخدم البلاستيك أثناء إحضار البضائع من السوق. كل شيء معبأ في علب كرتون. حتى هذه لا أتخلص منها. أنت تعلم أن أطفالنا يستخدمون هذه العلب في مشاريعهم المدرسية ". كان حبيب واضحًا جدًا في موقفه. كان هو أيضًا يسمع عن خطر البلاستيك خلال رحلاته إلى السوق.

"في الإمارات أيضًا، كانوا يناقشون هذه المسألة. لكنهم ما زالوا يستخدمون الأكياس البلاستيكية لتجميع مواد القماش. في المرة القادمة سأخذ أكياس القماش من هنا عندما أذهب للشراء "، أعلن بدر عن نيته.

"سيكون أطفالنا سعداء للغاية لسماع هذا القرار. كانت يسرى تتشاجر معي بشأن مسألة البلاستيك هذه. قال سليمان: "كنت مترددًا بعض الشيء في الحديث عن هذا لأنني لم أكن متأكدًا من رد فعلكم جميعًا على هذا"، سعيدًا جدًا لأن اقتراحه قد تم قبوله بالإجماع.

"في سوق السمك في صحار، سمعت قصة حوت اصطاد من قبل بعض الصيادين. أثناء قطعه، وجدوا الكثير من البلاستيك والعلب في الداخل. يقولون أنه كان مشهدًا فظيعًا. نحن مسؤولون عن

تعريض الحياة البحرية للخطر. قال بدر: "تموت العديد من الأسماك بسبب هذا".

نهض الشيخ أحمد وتحدث: "هذا قرار مهم للغاية اتخذناه اليوم" لأن الحكم النهائي في أي قضية يجب أن يكون له. "من اليوم سنقول "لا" لاستخدام أي مادة بلاستيكية. بالطبع، تنطبق هذه القاعدة على استخدام البلاستيك لمرة واحدة. البلاستيك الموجود بالفعل في منازلنا على شكل أطباق وأطباق لن يكون من السهل التخلص منه. ببطء يمكننا تكييف نمط حياة خالٍ من البلاستيك. تجنب شراء الأشياء المصنوعة من البلاستيك. وبشكلٍ صارم، لا ينبغي استخدام المزيد من الأكياس البلاستيكية في قريتنا ".

وقف الجميع وصفقوا لقبول قرار الشيخ أحمد.

في ذلك الوقت، خرج الإمام صادق من المسجد. دعاهم إلى التجمع داخل المسجد لأن الوقت قد حان للصلاة.

في هذه الأثناء كانت فاطمة ونهلة مع نرجس. كانت بعض السيدات يجتمعن يوم الجمعة عندما يذهب الرجال إلى المسجد. كانوا ينخرطون في حديث صغير وعندما يسمعون نداء الصلاة من الإمام، كانوا هم أيضًا يركعون لصلواتهم.

وروت نهلة كيف كان أطفالها يدفعونها للترتيب لنزهة بعد أن تعرفوا على أطفال فاطمة الذين يخرجون مع ناصر وزينب.

"لقد تناقشا فيما بينهما وسمحنا لهما بالذهاب. كما تقول، كان من الممكن أن يكون ترفيهًا لجميع الأطفال إذا خططنا له بطريقة أكبر ".

"لقد أخبرت محمد أن يناقش مع أصدقائه. ربما سيتخذون قرارًا بنزهة ليوم واحد لجميع القرويين ".

"سيكون ذلك أمرًا جيدًا للأطفال. خلاف ذلك، ماذا يفعلون خلال هذه الأشهر الثلاثة من الإجازة ؟ سيشعرون بالملل حتى النخاع داخل هذه

القرية. يجب أن نخطط لمزيد من البرامج من أجل أطفالنا "، اتفقت فاطمة أيضًا مع الآخرين.

"يجب أن تكون النهضة والراضية قادرتين على جلب المزيد من الأفكار. مثل الرجال الذين يجتمعون بعد ظهر كل يوم جمعة، يمكننا نحن النساء أيضًا عقد اجتماع من حين لآخر ".

"لماذا لا نخطط ليوم للفنون والرياضة لقريتنا ؟ كان لديهم هذا في المدارس. وبالمثل، يمكننا ترتيب واحدة للأطفال ". كانت نهلة قد فكرت بالفعل في خطط مفصلة.

"لا يجب أن يقتصر الأمر على الأطفال. يمكن أن يكون لدينا مسابقات منفصلة للنساء والرجال أيضًا "، اقترحت فاطمة.

"سيكون ذلك رائعًا حقًا. الكثير من المرح والمرح ". كانت نهلة منتشية.

قالت فاطمة: "دعونا نعقد اجتماعًا للسيدات غدًا لتحديد موعد لهذا".

وذلك عندما سمعوا دعوة الإمام الصادق للصلاة.

أحضرت نرجس ثلاث سجادة صلاة ووضعتها على الأرض. ركعت السيدات على الحصير، في مواجهة اتجاه مكة المكرمة.

ساد الصمت بينما كانت السيدات الثلاث يقرأن آيات القرآن الكريم في أذهانهن.

فجأة كان هناك صراخ بشع من الخارج حطم الصمت.

الفصل الثالث عشر
فوضى في القرية

صُدم جميع أولئك الذين كانوا يصلون داخل المسجد من الصرخة الصاخبة المفاجئة التي كسرت الصمت.

نهض الإمام صادق من طابق الصلاة وخرج إلى العراء للتحقيق. تبعه الآخرون، متسائلين عما حدث خارج المسجد.

كان الرجل العجوز علي. كان يلقي نوبة غضب. كان الأمر كما لو أنه أراد لفت انتباه جميع القرويين. لقد اختار بحق – أمام المسجد مباشرة، أثناء وقت الصلاة.

استمر في الثرثرة بصوت عالٍ. لم يستطع أحد حقًا فهم ما كان يتحدث عنه. يمكنهم فقط التقاط بعض الكلمات مثل الكوارث والمياه والأطفال.

اقترب الشيخ أحمد من علي محاولاً تهدئته.

"سيعاني أطفالك. لقد حذرتك عدة مرات. لا تقترب من البركة!" أشار الرجل العجوز علي بإصبعه إلى أحمد.

هذه المرة كان بإمكان الجميع أن يسمعوا جيدًا ما كان على الرجل العجوز أن يقوله. "حسنًا، حسنًا، سنعتني بهم. لماذا لا تهدأ وتستريح ؟" تملق أحمد علي.

نظر علي حوله. "سأذهب. لكنهم الأطفال ". وبذلك سار نحو برج المراقبة.

تنفس أحمد الصعداء بينما هدأ علي. ولكن حتى عندما التفت القرويون نحو المسجد، كان بإمكانهم سماع علي مرة أخرى يثرثر بشكل غير متماسك.

طلب الإمام صادق من الجميع التزام الصمت واتباعه إلى المسجد. تبعوه جميعًا حتى يتمكنوا من استئناف صلواتهم التي قاطعها علي.

سمعت نرجس وفاطمة ونهلة أيضًا الضجة أمام المسجد. خرجوا من البيت.

راقبوا علي يتجه نحو برج المراقبة. لم يتمكنوا من فهم ما كان يصرخ به علي.

ثم توقف في مساره واستدار نحو السيدات. وقفت السيدات، وعيونهن تتفرقع من الخوف، مقطوعة الأنفاس.

نظر علي إليهم بصرامة وهم يمسحون وجوههم واحدًا تلو الآخر. ثم ثبت تحديقه على وجه نرجس. "سيعاني أطفالك، إذا تأخرت. تمامًا مثل ذلك اليوم، ستفتح السماء أبوابها ...". تلاشى صوته وهو يحول نظره عن نرجس ويمشي نحو مسكنه.

وقفت السيدات بلا حراك لبعض الوقت. لم يتمكنوا من الرد على ما شهدوه. ثم وجدت نهلة صوتها. "دعونا نتصل بأحد هواتفهم المحمولة لمعرفة ذلك. يمكننا التأكد من أنهم آمنون ".

"أنت على حق، نهلة. دعونا نعود إلى داخل المنزل ". شعرت فاطمة بالارتياح بعض الشيء لأن لديهم خيارًا لمعرفة حالة أطفالهم. "ولكن كيف يعرف علي عن أطفالنا. ماذا يعني بقوله إنهم سيعانون ؟"

"لا تقلقي يا نرجس. يمكننا الاتصال مباشرة بالأطفال ومعرفة ذلك. لا حاجة للتكهن بشيء يتحدث عنه هذا الرجل المجنون "، حاولت نهلة مواساة نرجس.

عادوا إلى المنزل وأخرجوا هواتفهم المحمولة.

حتى عندما دعا نرجس ناصر، دعت فاطمة يسرى. في الصمت الذي أعقب ذلك، كانت هواتفهم المحمولة تحاول الاتصال. كان كلاهما قد وضعاهما على مكبر الصوت حتى يتمكن الآخرون أيضًا من السمع. ولكن مما أثار استياءهم أن الرسالة المسجلة أخبرتهم أن الهواتف إما كانت مغلقة أو خارج النطاق. استمروا في المحاولة ولكن دون جدوى.

"من الأفضل أن تتصل بسليمان وتطلب منه المجيء إلى هنا. دعونا نفكر في أفضل مسار للعمل يجب اتباعه "، نظرت نهلة إلى فاطمة وتحدثت.

ظهر على وجه فاطمة علامات الذعر. بيديها المرتجفتين، اتصلت بزوجها. أجاب سليمان في الخاتم الأول وأكد لها أنه سيصل إلى منزل نرجس قريبًا.

في هذه الأثناء، استمرت نرجس في تجربة هواتف مختلفة – ناصر ويسرا وهيثم. لكن لم يتم توصيل أي منها. ثم تذكرت ما أخبرها به ناصر عن الاتصال في تلك المنطقة. جلب ذلك القليل من الراحة إلى ذهنها. حاولت السيطرة على مخاوفها. جلبت هذيان الرجل العجوز علي مثل هذا البؤس لهم جميعًا. نذير شؤم بالفعل. لكن علي كان دائمًا هكذا.

سرعان ما وصل سليمان. أخبروه بما حدث حتى ذلك الحين.

"لا داعي للذعر. كلنا نعرف أن علي غاضب. يجب أن نتجاهل ثرثرته. إنه لا يتحدث عادة بشكل منطقي. يتحدث عن أشياء غير مرتبطة بأي منا. أما بالنسبة للهواتف، فنحن نعلم أنه لن يكون هناك مدى كافٍ للهواتف المحمولة لالتقاط الصور الداخلية. لنحاول مرة أخرى. يجب أن يتواصلوا قريبًا ". بدا سليمان مؤلفاً وموسياً للسيدات.

"سأعد لك الشاي. في هذه الأثناء يمكنك محاولة الاتصال بهم،" مع ذلك دخلت نرجس إلى المطبخ.

وقفت فاطمة ونهلة هناك يشاهدان سليمان يحاول الاتصال بالأطفال على هاتفه المحمول. بعد بضع محاولات، أصبح متصلاً. كانت يسرى في الطرف الآخر.

"آسف يا أبي. الاتصالات سيئة للغاية هنا. من الصعب جدا الوصول إليها. في بعض الأحيان يرن ثم يتوقف ".

"كنا قلقين لأنه لم تكن هناك أخبار منك. هل أنتم جميعاً بخير ؟" سأل سليمان.

"كل شيء يسير كما هو مخطط له. الأولاد داخل البركة. نحن ننتظر بجانب البركة. خرجت وسرت قليلاً إلى الوراء من أجل توصيل الهاتف المحمول "، أوضحت يسرى.

"جيد. أردنا فقط التأكد من أن كل شيء على ما يرام من جانبك. سأعطي الهاتف لأمي ". وبهذا سلم سليمان الهاتف لفاطمة.

"كيف حالك يا عزيزتي ؟ ماذا عن بشرى وزينب ؟ هل تناولت الغداء ؟" واصلت فاطمة مع وابل من الأسئلة. استطاعت نهلة أن تدرك أنها كانت تحاول إخفاء توترها.

بينما كانت يسرى تتحدث إلى فاطمة، جاءت نرجس بالشاي للجميع. احتفظت بالصينية على الطاولة المركزية ونظرت إلى فاطمة بترقب.

ودعت فاطمة يسرى وأعطت الهاتف لنرجس.

استمعت نرجس إلى يسرى وهي تكرر ما كانوا يفعلونه هناك. "هل رأيت الرجل العجوز علي في طريقك ؟" أخيرًا، حصلت على الشجاعة لطرح هذا السؤال على يسرى.

"أوه، نعم يا عمتي. خرج من البركة مبللاً. على ما يبدو، كان يستحم في البركة. كالعادة صرخ فينا. لم نفهم ما كان يعنيه. بعد ذلك، غادر تلك المنطقة ونسينا كل شيء عنه. لماذا سألتِ يا خالتي ؟"

"رأينا الرجل العجوز علي أمام منزلنا يصرخ ويذكر الأطفال الذين يذهبون إلى البركة. كنا فضوليين فقط لمعرفة كيف عرف أنكم جميعاً ذهبتم إلى هناك ". هدأت نرجس ولم يظهر صوتها أي علامات على الذعر الذي أصابها في وقت سابق.

بعد نقل المجاملات المعتادة، قطع نرجس الهاتف. أعادت الهاتف إلى فاطمة.

"الآن بعد أن تم ضبط كل شيء بشكل صحيح، دعونا نعود إلى منزلنا لتناول الغداء. أنا جائع ". كان سليمان قد أنهى الشاي وقام بتدليك بطنه.

جلست نرجس بمفردها في غرفة الطعام تائهة بعد أن غادر أصدقاؤها إلى منازلهم.

على الرغم من أنها كانت تعرف أن الأطفال آمنون وقادرون على الاعتناء بأنفسهم، إلا أن بعض المخاوف غير المعروفة كانت تأكل عقلها. لماذا تحدث علي عن أن السماء فتحت أبوابها ؟ ماذا كان يقصد بذلك ؟ يشير فتح السماء إلى الأمطار. لكنها استطاعت أن ترى أن الجو لا يزال مشمسًا في الخارج. كانت السماء صافية خالية من أي غيوم داكنة. لذلك لم تكن هناك غيوم على الإطلاق.

عاد عقلها إلى ذلك اليوم المشؤوم عندما اختفى زوجها. في تلك الليلة كانت السماء قد أمطرت. من الواضح أنها تذكرت ذلك اليوم — كان اليوم واضحًا جدًا ولم يكن لدى أحد أي فكرة عما يخبئه لهم. في الليل هطلت الأمطار بغزارة ولم يستطع أحد الذهاب للبحث عن درويش مع هطول الأمطار.

لم يعد درويش أبداً. في اليوم التالي عندما هدأت الأمطار، ذهب القرويون إلى العديد من الأماكن حيث يمكنهم السفر في سياراتهم بحثًا عنه. لكنهم لم يتمكنوا من فعل شيء. انتظرت زوجها. حتى الآن كانت تأمل أن يعود إليها حبيبها درويش في يوم من الأيام.

أعادت زينب الصغيرة إحياء آمالها في حلمها. كانت نرجس متأكدة من وجود بعض الحقيقة في الأحلام التي يراها الأطفال.

على الرغم من هذيان الرجل العجوز علي، كانت مصممة على إبقاء عقلها إيجابيًا وعدم فقدان القلب.

لكن الأخبار المسائية أثرت على عزمها.

الفصل الرابع عشر
ليلة في المخيم

عادت يسرى إلى البركة التي كانت تلعب فيها زينب وبشرى. كانت سعيدة لأنها تمكنت من التحدث إلى والديها ووالدة ناصر. كان من المريح دائمًا أن يكون لديك أحباء ؛ إن لم يكن قريبًا، على الأقل استمع إلى أصواتهم عبر الهاتف.

ورأت أن الفتيات كن مشغولات بالدردشة وفقدن في عالمهن الخاص. جلست على السجادة وأخرجت كتابها لمواصلة القراءة. لم يكن هناك الكثير للقيام به سوى انتظار عودة الأولاد مع بعض الأخبار الجيدة عن القرية المفقودة.

فكرة القرية المفقودة جلبت لها قشعريرة. إذا كانت هناك حقًا قرية مفقودة تحت البركة، فماذا يمكن أن يكون رد الفعل المحتمل للعالم الخارجي ؟

بقدر ما كانت تشعر بالقلق، كان من الأفضل عدم السماح للعالم بمعرفة أن هناك مكانًا كهذا. بمجرد أن يتعرف الناس على القرية المفقودة، سيخربون المكان وسرعان ما سيضيع الجمال الهادئ للمكان. فضلت أن تترك مثل هذه الأماكن دون أن تمسها البشرية الجشعة حتى لا تزعج هدوءها. كانت بيئة الأرض ثمينة للغاية بحيث لا يمكن العبث بها.

لكن هذا البحث عن القرية المفقودة كان مهمًا لناصر وزينب. كانوا يأملون بشدة في معرفة مكان وجود والدهم. حتى لو لم يجدوا قرية ضائعة، فيجب أن يكونوا قادرين على الأقل على العثور على العم درويش. لم تستطع التركيز على ما كانت تقرأه. كان عقلها يتجول.

شعرت كما لو كانت تنجرف في السماء وهي تنظر إلى النجوم والكواكب. اعتقدت أنها كانت مثل رحلة الأرواح التي قرأتها

في رواية "ماذا بعد ؟". ربما يكون صحيحًا أن الأرواح تقوم برحلتها من الكواكب الخارجية أو حتى المجرات إلى الأرض.

وبينما كانت تجهد عينيها للحصول على لمحة عن المخلوقات الغريبة عبر الكون، أغلقت عينيها بلمسة النسيم الحلوة التي حملت عطر الجو البكر.

نهضت يسرى من غفوتها بصوت كسر الماء. فوجئت عندما رأت أن الشمس قد غربت تقريبًا.

في الضوء المتضاءل، استطاعت أن ترى هيثم وناصر يخرجان من البركة. أزالوا معدات الغوص التي تقطر الماء في كل مكان. جاءت زينب وبشرى راكضتين من المكان الذي كانا يعزفا فيه. كان الجميع متلهفين لسماع أخبار القرية المفقودة.

جلس الغواصون وتجمع الآخرون حولهم.

"لقد سبحنا كثيرًا في الداخل، لكن لم يحالفنا الحظ". نظر هيثم إلى الوجوه المتحمسة من حوله.

فقد وجه زينب كل الحماس. كانت على وشك البكاء.

"لا تحزني يا زينو". وضع ناصر يده على رأس زينب وخلط شعرها. "كل الأمل لم يضيع".

"أي أمل ؟ قلت أنك لم تجد أي شيء، أليس كذلك ؟" كان صوت زينب منخفضًا مثل الهمس.

"لقد قطعنا مسافة جيدة عندما وجدنا شوكة – ينقسم مجرى الماء. واحد يذهب إلى اليسار والآخر إلى اليمين. كنا مرتبكين. قررنا أن نأخذ التحويل إلى اليمين ونسبح من خلاله. ومع ذلك، بعد مرور بعض الوقت وصلنا إلى طريق مسدود. قال ناصر: "لقد حجبت الصخور الثقيلة مجرى النهر بأكمله".

كانت الفتيات ينظرن إليه بقلق.

"إذن ... ؟" سألت بشرى.

"ثم ماذا! أجاب هيثم: "كان علينا أن نعود".

"لكن ... لكن ... كان يجب أن تستكشف الانحراف الأيسر أيضًا. ربما هو هناك ...!" انقطع صوت زينب.

"سنفعل ذلك بالتأكيد، زينو. لكن الوقت كان متأخراً جداً. كنا قلقين عليك – ثلاث فتيات يجلسن هنا مع اقتراب الليل. علاوة على ذلك، لم يكن لدينا أي فكرة إلى أي مدى قد نضطر إلى السباحة إذا أخذنا الانحراف الأيسر ". أوضح ناصر.

"لذلك، قررنا أن استكشاف الانحراف الأيسر يمكن القيام به غدًا. خلاف ذلك، كنت أنت أيضًا ستقلق علينا ". التقط هيثم المكان الذي توقف فيه ناصر.

أومأت يسرى برأسها: "لقد فعلت الشيء الصحيح". "كانت هذه خطوة حكيمة منكم يا أولاد. كنا بالتأكيد سنشعر بالقلق، ونتساءل عما حدث لك، إذا كنت قد أخرت عودتك. الآن يمكننا التخطيط للغد ".

أومأت زينب برأسها أيضًا، على الرغم من سقوطها.

"هيا يا زينو. ابتسم الآن. يجب أن نكون إيجابيين دائمًا كما تقول أمي. غدًا يوم آخر وستجلب اهتزازاتنا الإيجابية أخبارًا أفضل غدًا!" وضع ناصر يده حول زينب وسحبها بالقرب منه.

ابتسمت ابتسامة على وجه زينب وهي تشعر بدفء عاطفة أخيها.

"بالمناسبة، اتصل بابا. كانوا قلقين علينا منذ أن أثار الرجل العجوز علي ضجة في القرية ". نظرت يسرى إلى هيثم.

"هذا الرجل العجوز مصدر إزعاج حقيقي. عندما صرخ فينا، اعتقدت أنه سيتوقف عن ذلك. لكن يبدو أن ذلك لم يحدث ". كان هيثم منزعجًا.

"أخبرتهم ألا يقلقوا. نحن بأمان لأن هناك شابين شجعان معنا "، قالت يسرى بابتسامة كبيرة على وجهها.

"ألسنا كذلك ؟" ضرب هيثم صدره.

"أنا جائع. دعونا نتناول عشائنا ". قامت بشرى بتدليك بطنها للإشارة إلى أنها كانت جائعة بالفعل.

نهضت يسرى لتفريغ عبوات الطعام لتناول العشاء.

استمر الأصدقاء الجيدون في الحديث عن أشياء كثيرة، والغناء في بعض الأحيان ورواية قصص الشجاعة والبطولة من الفولكلور العماني.

استغلت يسرى الفرصة لربط جزء من قصة الحب الذي لا يتزعزع في مواجهة الشدائد من الرواية التي قرأتها. "ماذا بعد ؟" كانت رواية قرأتها عدة مرات. يحكي قصة فاطمة من لوى التي عاشت منذ أكثر من خمسمائة عام.

سقطت زينب وبشرى نائمتين في منتصف رواية يسرى. ثم قرر الشيوخ أيضًا أن يطلقوا عليه يومًا وتسللوا داخل أكياس نومهم.

كان عقل يسرى يحوم حول القرية المفقودة وجبل الحب من الرواية. نامت في وقت ما بعد منتصف الليل.

كانت يسرى أول من استيقظ. بعد أن انتعشت، نظرت حولها إلى الآخرين متسائلة عما إذا كان يجب عليها إيقاظهم أو السماح لهم فقط بالنهوض عندما يريدون ذلك.

كان ذلك عندما لاحظت أن أحد أكياس النوم كان فارغًا. كان شخص ما قد نهض قبلها. كانت زينب.

خرجت يسرى من الخيمة للبحث عن زينب. لكن لدهشتها لم يكن من الممكن رؤيتها في أي مكان قريب. شعرت بالفضول حول ما كانت تفعله هذه الفتاة الصغيرة، في وقت مبكر من الصباح. تجولت بهدوء تنادي باسمها. لم ترغب في الصراخ، خشية أن يستيقظ الآخرون ويخلقوا ضجة.

لم يكن هناك رد على مكالماتها. اقتربت يسرى من البركة. لا، لم تكن زينب هناك. وببطء اتضح لها أنه ربما اختفت زينب. في نوبة من الذعر، هرعت عائدة إلى الخيمة تنادي بصوت عالٍ على هيثم وناصر.

عند سماع الصراخ، نهض الأولاد. لم يكونوا متأكدين من سبب الفوضى. ثم اقتحمت يسرى الخيمة وهي تلهث، "إنها زينب ... إنها مفقودة!"

"بماذا تصرخ من أجل يسرى!" حاول ناصر أن يكون هادئًا. "يجب أن تكون هنا في مكان ما. لن ترحل من تلقاء نفسها. لا تزال طفلة. دعونا نلقي نظرة حولنا ".

"لقد تجولت بالفعل. لكنها ليست في أي مكان. لا يوجد أي أثر لها. لقد اختفت "، واصلت يسرى الصراخ. لم تكن قادرة على السيطرة على عقلها المتوتر.

"تعال يا ناصر، دعنا نستكشف المكان. يجب أن تكون هناك. ربما تكون بالقرب من البركة تفكر في والدها ". سحب هيثم ناصر أثناء خروجه من الخيمة.

بحلول ذلك الوقت استيقظت بشرى أيضًا. جلب الشيوخ الذين يتحدثون عن زينب نظرة حيرة على وجهها. تحركت نحو يسرى لتمسك بيدها. عانقتها يسرى وأبقتها قريبة منها حتى لا تشعر بالذعر. خرجا معًا.

ذهب ناصر وهيثم يناديان على زينب. ولكن لم يكن هناك أي رد. كانوا يعرفون أن شيئًا فظيعًا قد حدث. ولكن ما الذي كان يمكن أن يجعل الفتاة الصغيرة تختفي ؟ أم أن شيئًا ما أخذها ؟ حيوان أو في هذا الشأن، جني ؟

إذا جاء أي حيوان إلى هناك في الليل، لكان قد سمع الأصوات. على الأقل كانت زينب لتصرخ. لم تكن هناك أي علامات على وجود أي صراع داخل الخيمة أو حولها.

لم يؤمنوا بالجن. على الرغم من أنهم سمعوا العديد من القصص عن أنواع مختلفة من الجينات من قوم قريتهم، إلا أنهم كانوا براغماتيين للغاية بحيث لا يؤمنون بهذه الحكايات البشعة.

"انظر إلى ذلك!" الآن جاء دور بشرى للصراخ.

التفت الجميع إلى حيث كانت تشير بإصبعها.

يمكنهم تخمين ما حدث لزينب.

الفصل الخامس عشر
القرية المفقودة

"أحد معدات الغوص مفقود". كانت بشرى تبكي.

"يا له من فعل أحمق!" وضع هيثم يده على جبهته في نوبة
غضب. "لا أستطيع أن أصدق أنها كانت ساذجة بما يكفي لتذهب
بمفردها!"

"كانت متفائلة جدًا بأنك ستجلب أخبارًا عن والدها أمس. لا
بد أنها شعرت بالحزن وقررت التحقيق بمفردها ". حاولت يسرى أن
تكون منطقية.

"لكنها لن تنجو تحت الماء لفترة طويلة. ليس لديها خبرة في
السباحة في هذا النوع من المياه العميقة. علينا أن نفعل شيئا سريعا
". نظر هيثم إلى ناصر.

لكن ناصر لم يكن يستمع إليهم. التقط بدلة الغوص المتبقية
وارتداها.

وبينما ظل الآخرون متجذرين في أماكنهم، سار ناصر نحو
البركة. في غضون دقائق غاص في المياه العميقة.

كان عقل ناصر يركز على شيء واحد فقط – أخته زينب.
ظل وجهها الصغير اللطيف يومض أمام عينيه. كان مصمماً على
إخراجها من هذه البركة.

وصل إلى الشوكة. كان متأكدًا من أن زينب كانت ستمر
بالتشتيت الأيسر. لقد أخبروا بوضوح أن التحويل الصحيح أدى إلى
طريق مسدود. لذلك، يجب أن تكون قد قررت التحقق من الجانب
الآخر. كانت حريصة جدًا على أن تكون مع والدها الذي لم تقابله
أبدًا.

لقد أعربت عن اعتقادها بأن حلمها سيتحقق. حتى عندما
حاول ناصر تحذيرها من الاعتماد على حلمها كثيرًا، كانت مصرة

على أنها تفضل الثقة في حدسها بدلاً من تجاهل هذا الحلم المتفائل عن والدها.

لا بد أنها شعرت بالاكتئاب إلى حد ما عندما عادوا أمس دون أي أخبار بعد أن قضوا ما يقرب من ساعتين تحت الماء. كان ذلك بالتأكيد سيدفع عقلها الناعم إلى المخاطرة الكبيرة دون حتى التفكير في المخاطر التي تنطوي عليها.

سبح ناصر عبر الانحراف الأيسر واستمر في التحرك بوتيرة سريعة. لم يكن لديه أي فكرة عن الوقت الذي كانت ستغادر فيه زينب المخيم. كان عازمًا على الوصول إلى نهاية النفق في أقرب وقت ممكن.

لم يكن على علم بالوقت. استمر في السباحة.

ثم رأى بقعة من الضوء أمامه قليلاً. أضاء ذلك عقله وتدفق المزيد من الطاقة عبر أطرافه المتعبة. مع زيادة الحماس، دفع ناصر نفسه إلى الأمام وأخيراً كسر الماء إلى السطح حيث رأى النور.

نظر إلى الأمام وكان مذهولًا بما كان أمامه.

كان رفًا صخريًا شاسعًا منتشرًا. كان يشبه كهفًا ضخمًا. تسربت أشعة الشمس من خلال شقوق صغيرة وثقوب في السقف الطويل. كان ذلك كافياً لإبقاء المنطقة بأكملها مضاءة. سحب ناصر نفسه إلى أعلى الحافة للوصول إلى أرضية الكهف. خرج من بدلة الغوص.

بعد بضعة أمتار من الأرض الصخرية، كانت تربة مظلمة. كان بإمكانه رؤية أنواع مختلفة من النباتات والشجيرات. بدا الأمر مشابهاً لواحة في وسط الصحراء. كيف يكتشف أخته الصغيرة في هذه المنطقة الشاسعة ؟ يجب أن تكون بدلة الغوص الخاصة بها في مكان ما. لكنه لم يتمكن من العثور على أي شيء في المخفر المباشر.

تذكر اليوم الذي ضل فيه طريقه في مزرعة الموز. كان عمره حوالي خمس أو ست سنوات عندما ذهبا في رحلة لمشاهدة معالم المدينة إلى صلالة. أخذهم صديق بابا حمد إلى مزرعته. عندما كان طفلاً صغيراً، كان مذهولاً من كل تلك الحزم من الموز التي تنمو على النباتات غير الطويلة.

كان بابا يتعلم عن مزارع الموز بينما كانت ماما تبحث عن الموز الناضج بين العناقيد. لقد انجذب إلى قطة بدأت في اللعب معه. كان قد تبع القطة وهي تدور حول المزرعة. فقط عندما قفز القط من السياج المركب أدرك أنه ابتعد عن والديه. لقد ضرب الإرهاب عقله الصغير. كيف وجد والديه بين النمو الكثيف لنباتات الموز ؟ بدا كل شيء متشابهًا.

ثم لاحظ آثار قدميه على الأرض وقرر اتباعها. أثناء عودته، سمع أصوات والديه ينادون باسمه. وهذا أعطاه الشجاعة للركض في اتجاه الصوت ويمكنه الوصول إليهم. كم كانوا مرتاحين للعثور عليه بأمان!

نظر ناصر حوله. هل سيكون قادرًا على العثور على آثار أقدام زينب في هذه التربة المظلمة ؟

كان هناك العديد من أنواع النباتات — ليست أشجارًا وشجيرات طويلة جدًا. لم يتمكن ناصر من التعرف على العديد منهم لأنه لم يرهم من قبل. ومع ذلك، يمكنه صنع أشجار النخيل والسدر. في حال تقطعت السبل بوالده في هذه الأرض المسحورة، كان بإمكانه بالتأكيد البقاء على قيد الحياة مع ثمار هذه الأشجار.

على أي حال، لم تكن الأشجار هي مصدر قلقه. كان عليه أن يختار طريقًا لديه أكبر احتمال للعثور على أخته. استكشفت عيناه الحريصتان حوله بحثًا عن آثار أقدام محتملة.

ثم رآهم — بصمات أقدام. كانت أكبر من أن تكون لزينب. على الأقل كان هناك إنسان في ذلك الكهف. لم يكن لديه خيار آخر سوى اتباعها. ربما يمكن أن تكون زينب مع هذا الشخص. مر بجانب

وحول العديد من الأشجار والشجيرات. فكر في الطبيعة الأم – كم باركت هذه التربة بوفرة على الرغم من أنها كانت مخبأة في وسط جبل صخري. سيكون سقف الكهف بارتفاع لا يقل عن عشرة إلى خمسة عشر مترًا، مما ساعد الأشجار على النمو بشكل جيد وأن تؤتي ثمارها. لن يفاجأ إذا كانت هناك حياة بشرية بدائية داخل هذا الكهف.

فكر ناصر في ذكر اسم زينب. لكن الضوضاء الصاخبة يمكن أن تجذب الحيوانات أيضًا. لم يكن على علم بما ينتظره وقرر التزام الصمت. استمر في المشي. كان عليه أن يصل إلى أخته. ربما والده أيضا!

فجأة مر شيء ما بجانبه. كان مندهشاً. ماذا يمكن أن يكون ذلك ؟ ثم رآهم. مخلوقات تشبه القطط، لكنها أكبر من القطط التي رآها في قريته. يمكن أن تكون هذه قطط برية. ربما يمكنهم مهاجمته!

عندما خطرت له هذه الفكرة، قرر تسليح نفسه بشيء لدرء هذه المخلوقات في حالة الطوارئ. من شجرة سدر القريبة كسر غصنًا وحمل العصا جاهزة للاستخدام. لكن القطط لم تقترب منه. بدا أنهم غير منزعجين منه. كانت تلك إشارة جيدة. لقد اعتادوا على البشر.

وبينما كان يمضي قدمًا، اقترب من منطقة خالية من الغطاء النباتي الكثيف. كان بإمكانه رؤية ما ينتظره. كانت هناك بعض الهياكل المتهالكة الشبيهة بالأكواخ هنا وهناك. علامات على أن المكان مأهول بالسكان منذ فترة طويلة. كان من الممكن أن يتسبب شيء ما في هجر الناس لهذه المنطقة. ثم ماذا عن والده وزينب ؟

ثم رأى كوخًا من القش، خلف بعض أشجار النخيل القصيرة المزروعة عن كثب. استخدم شخص ما أوراق النخيل لتقشير سقف الكوخ. ارتفع أمله عالياً. بالتأكيد كان هناك شخص ما هنا. يجب أن تكون زينب قد وصلت إلى مكان آمن.

بقلب ينبض، سار نحو الكوخ.

كانت هناك فتحة في مقدمة الكوخ تمامًا مثل الباب، ولكن بدون مصاريع. في هذه الأرض المهجورة أو بالأحرى المحرمة حيث

كانت الحاجة إلى باب! فقط السقف والقش الجانبي كانا كافيين كوسيلة للحماية من الحرارة والمطر.

لم يكن متأكدًا مما ينتظره داخل الكوخ. ومع ذلك، قرر الدخول من خلال الفتحة. دخل بحذر.

جلب المنظر أمامه قشعريرة في كل مكان.

ها هي ذا، أخته الصغيرة اللطيفة. كان بجانبها رجل ضعيف بشعر كثيف طويل ولحية. كان وجهه داكنًا وعظميًا. لكن العينين تشعان بالخير السلمي. ذكرته تلك العيون المتلألئة بأعز سلطان لهم، الشخص الأكثر إحسانًا. كان ذلك عندما أدرك أن هذا كان والده المفقود منذ فترة طويلة.

تلك الصور التي كانت معلقة في مجلسهم — والده ووالد الأمة. كان التشابه بينهما هو زوج عيونهما المشرقة التي انبثقت منها اللطف.

على الرغم من أن الشخص الذي أمامه كان بالكاد يمكن التعرف عليه في المظهر، إلا أن عينيه أخبرتا مائة قصة.

نظرت زينب عندما دخل ناصر الكوخ. أضاء وجهها كما لو أن ألف نجم قد انفتح في السماء. قفزت وركضت نحو ناصر.

عندما قفزت زينب إليه، حملها بالقرب منه. أمطرت وجهه بالقبلات. لم يستطع ناصر إخفاء ارتياحه وسعادته في العثور على أخته هيل والقلبية.

ثم نزلت زينب وأشارت نحو الرجل الذي كان ينظر إليها مرتبكة.

"ناصر، بابا ... بابا!" صرخت. اختنقت كلماتها عندما تغلبت عليها نشوة مقابلة والدها. سحبته نحو الرجل الجالس على الأرض.

نادى ناصر: "بابا، بابا العزيز!"

لكن الحماس المتوقع لم يكن موجودًا في وجه الرجل الضعيف. نظر فقط إلى ناصر بتسلية. لم تكن هناك علامات على الاعتراف.

"بابا لا يتذكرنا. يبدو أنه نسي كل شيء ". كان صوت زينب مليئًا بخيبة الأمل. على الرغم من العثور على والدها، إلا أنه يؤلمها أن ذاكرته قد اختفت.

جلس ناصر بالقرب من والده.

الفصل السادس عشر
فريق الانقاذ

كانت نرجس قلقة.

كانت لديها ليلة بلا نوم. وكانت الأخبار المسائية قد توقعت هطول أمطار غزيرة خاصة في المناطق الجبلية. كان الأطفال في العراء. في حالة هطول الأمطار، لن تكون خيمة القماش كافية لإبقائها جافة وآمنة.

كان ارتياحها الوحيد هو أن توقعات الطقس ذكرت أن الأمطار ستبدأ في اليوم التالي. في هذه الأيام، اعتادت إدارة الأرصاد الجوية أن تكون دقيقة تقريبًا في تنبؤاتها. وفقًا لذلك، يجب أن يكون الليل هادئًا نسبيًا.

لكن هذيان الرجل العجوز علي استمر في الازدهار في أذنيها.

"سيعاني أطفالك، إذا تأخرت. تمامًا مثل ذلك اليوم، ستفتح السماء أبوابها ..."

فقد زوجها في يوم هطلت فيه الأمطار بغزارة. لم تكن تريد أن يحدث أي شيء غير مرغوب فيه للأطفال. كان عليها أن تكون وقائية وأن تضمن عودة الأطفال بأمان.

في الساعات الأولى، يمكنها أن تقرر ما يجب أن تفعله في الصباح. عندما هدأت الاضطرابات داخلها، تمكنت من النوم.

تناولت نرجس وجبة إفطار مبكرة وذهبت لرؤية فاطمة.

تفاجأت فاطمة برؤية صديقتها في هذا الصباح الباكر. ذهب سليمان إلى مزرعته.

"منذ أن رأيت الأخبار المسائية، كنت أفكر في الأطفال، في العراء. وتوقعوا هطول أمطار غزيرة خلال النهار. ماذا يجب أن نفعل يا فاطمة ؟" فتحت نرجس عقلها مباشرة بعد تبادل التحيات.

"لا أعتقد أنه يجب أن نكون قلقين عليهم دون داع. يجب أن يكونوا قادرين على الاعتناء بأنفسهم حتى لو أمطرت. أناً متأكد من أنهم حكيمون بما يكفي لحزم أمتعتهم ومغادرة المكان عند سقوط القطرة الأولى نفسها ". كانت فاطمة غير مبالية.

كان هيثم رجلًا يحب الرياضات المائية وكان بارعًا جدًا عندما يتعلق الأمر بالتعامل مع المياه. كان لدى ناصر عقل حكيم وكان دائمًا يعتني بالأطفال الأصغر سنًا. كانت فاطمة واثقة من أنها لم تكن مضطرة للخوف على الأطفال عندما كان هذان الصبيان معهم.

"أعلم أن هيثم وناصر سيعتنيان بالأطفال. ولكن لا يزال ... "، قطعت نرجس منتصف الجملة.

"إذن لماذا يجب أن تقلق دون داع ؟"

"إنه ذلك الرجل العجوز علي. كيف عرف أنها ستمطر اليوم ؟ وجاءت توقعات الطقس في المساء. لكنه صرخ بشأن الأمطار في فترة ما بعد الظهر. كيف يكون ذلك ممكنًا ؟"

"لا تكوني حمقاء يا عزيزتي. أنت تعرف هذا الرجل العجوز جيدًا. يستمر في الصراخ بكل ما يتبادر إلى ذهنه غير المستقر. لا تعطي الكثير من الأهمية لذلك ".

"أعلم... أعلم. لكن لا يزال... عقلي يخبرني أنه يجب علينا فعل شيء ما، على الأقل لتحذيرهم. أقصد عن الأمطار ".

"حسنًا يا عزيزتي. دعونا نتصل بهم. إذا كان هذا ما تريده، دعنا نتحدث إليهم. هذا يجب أن يهدئك ". أخرجت فاطمة هاتفها واتصلت يسرى.

لكن الخط لم يمر. جربت أرقامًا أخرى أيضًا، ولكن دون جدوى.

نظرًا لأن نرجس كانت متشككة بشأن إشارات الهاتف المحمول، فإنها لم تجرب بمفردها. الجلوس بمفردها في منزلها، كان من شأنه أن يقلقها أكثر من ذلك بكثير.

"إنه مثل الأمس. لا يتم توصيل الخطوط ". بدت فاطمة أقل ثقة الآن ونظرت إلى نرجس بلا حول ولا قوة.

"من الأفضل أن تتحدث إلى سليمان. اقترح نرجس أنه سيعرف ما يجب القيام به ".

"لقد ذهب إلى المزرعة. قالت فاطمة وهي تنظر إلى ساعة الحائط: "يجب أن يعود قريبًا".

"إذن دعونا ننتظر عودته. لا حاجة لنقل قلقنا إليه عندما يعمل في المزرعة ". كانت نرجس تبذل قصارى جهدها للحفاظ على هدوئها.

"حسنًا. وفي الوقت نفسه دعونا نتناول بعض الشاي. إذا لم يظهر بحلول ذلك الوقت، سأتصل به ". مع ذلك نهضت فاطمة.

تبعتها نرجس إلى المطبخ.

ثم رن الهاتف. كانت السيدتان مندهشتين من الأجراس غير المتوقعة.

كانت فاطمة أول من تعافى وركضت إلى غرفة الرسم لالتقاط هاتفها. كانت يسرى.

"أمي، هناك مشكلة." انعكس التوتر في صوت يسرى على وجه فاطمة.

واصلت يسرى سرد ما حدث في الصباح ـ كيف كانت زينب مفقودة وذهب ناصر إلى البركة بحثًا عنها. لقد مر بعض الوقت وما زالوا لم يعودوا. الآن كانوا قلقين من أن شيئًا سيئًا يمكن أن يحدث لكليهما.

وضعت فاطمة مكبر الصوت على الهاتف حتى يتمكن نرجس أيضًا من فهم ما كان يحدث.

"ألا يستطيع هيثم الذهاب للتحقق ؟" سأل نرجس.

"لقد أحضرنا اثنين فقط من معدات الغوص. أخذتهم زينب وناصر. البركة طويلة جدًا بحيث لا يمكن السباحة تحت الماء بدون معدات الغوص ".

أكدت فاطمة يسرى: "سنتحدث إلى بابا الآن ونرتب على الفور لجلب المساعدة من هنا".

كانت نرجس في حيرة من أمرها. تردد صدى تنبؤ الرجل العجوز علي في ذهنها. لقد حذرها من فعل شيء قبل فوات الأوان. لم تأخذ الأمر على محمل الجد والآن ضاع أطفالها في البركة. هل كان مصير زوجها يتبع أطفالها أيضًا؟

بعد توجيه يسرى بالبقاء حيث كان هناك نطاق للهاتف المحمول، قطعت فاطمة المكالمة. كانت على وشك الاتصال بزوجها عندما وصلت شاحنة سليمان إلى البوابة الأمامية.

"هل كنت تتحدث إلى يسرى؟ رأيت مكالمتها الفائتة وكنت أحاول معاودة الاتصال بها. وظلت منخرطة. لم أتمكن من الاتصال بهيثم ". سأل سليمان فاطمة وهو يدخل المنزل على عجل.

ثم رأى وجه نرجس القلق. كان يعلم أن هناك أخبارًا سيئة.

شرحت له فاطمة عن المحادثة التي أجرتها مع يسرى. حتى عندما كان يستمع إلى فاطمة، اتصل سليمان ويسرا على الهاتف.

التقطت يسرى الخاتم الأول. كانت تنتظر مكالمة والدها. أخبرهم سليمان بالبقاء حيث كانوا وعدم المغامرة في البركة بعد ناصر وزينب. وسرعان ما سينظم فرقة بحث من القرية ويصل إليهم.

خلال الدقائق الخمس عشرة التالية، شاهدت نرجس وفاطمة سليمان بفارغ الصبر يتصل بأشخاص مختلفين في القرية ويشرح الحاجة الملحة للذهاب إلى وادي بات.

أخذ الشيخ أحمد زمام المبادرة.

استغرق الأمر نصف ساعة أخرى لترتيب معدات الغوص الإضافية. وصل أحمد إلى منزل سليمان في سيارته برادو. كان عبد الله وحبيب معه. لسوء الحظ، كان على عباس واجب في ذلك اليوم. كان الأفضل بين القرويين عندما يتعلق الأمر بالسباحة.

استعدت نرجس وفاطمة أيضًا للذهاب معهم. على الرغم من أن سليمان لم يكن سعيدًا بجر السيدات إليه، إلا أنه اضطر إلى الخضوع لإصرارهن.

انطلقت سيارة برادو مع أحمد وعبد الله وحبيب وسيارة بيك آب مع سليمان وفاطمة ونرجس باتجاه وادي بات.

فقط عندما اتجهوا نحو الطريق المؤدي إلى وادي بات، سقطت أول قطرات من المطر على زجاجهم الأمامي.

ازدادت سماكة المطر مع تقدمهم للأمام. في غضون خمس عشرة دقيقة كان المطر يتساقط. كان الطريق أمامنا بالكاد مرئيًا.

سحب أحمد الذي كان في المقدمة جانبًا واتصل بسليمان على الهاتف. "يبدو أن كل الجحيم ينفجر. ستكون مهمة صعبة للتنقل على هذا الطريق. يجب أن نكون حذرين للغاية ".

أوقف سليمان سيارته أيضًا لحضور المكالمة. "أنا أفهم يا شيخ. لكن أطفالنا! سيكونون في ورطة أكبر. كلما وصلنا إلى هناك في أقرب وقت، كان ذلك أفضل ".

"أوافقك الرأي. دعونا نمضي قدما بحذر. كما تعلمون، بعد تلك القرية النائية لا يكاد يوجد أي طريق. علينا أن نتحرك فوق الصخور والجوانب شديدة الانحدار بدون حماية. أردت فقط أن أحذرك ". ردد صوت أحمد قلقه على صديقه.

اتفق سليمان مع أحمد أثناء قطع المكالمة والمضي قدمًا. وسرعان ما أصبحوا على الصعود الصخري فوق وادي الخفافيش.

تمكن سليمان من رؤية وجه نرجس القلق في مرآة رؤيته الخلفية بينما كانت الشاحنة الصغيرة تتمايل فوق الصخور بوصة تلو الأخرى.

أغلقت نرجس عينيها وهي تصلي إلى الله عز وجل، للحفاظ على سلامة الأطفال من أي ضرر.

الفصل السابع عشر
الحلم يتحقق

"بابا لا يتحدث". كانت زينب حزينة.

"لا تقلقي يا زينو. سيكون على ما يرام قريبًا،"هدأ ناصر زينب. "نظرًا لعدم وجود أي شخص آخر في هذا المكان، لم تتح له الفرصة للتحدث. عشر سنوات هي فترة طويلة للغاية بحيث لا يمكن تحملها بمفردها. لذلك، من الطبيعي أنه لا يتذكر كيفية التحدث لأنه لم يكن مضطرًا للتحدث على الإطلاق ".

"الآن نحن معه. يمكنه التحدث إلينا. بابا الحبيب!" نهضت زينب لتقبيل درويش على خده.

جلس درويش هناك بلا مشاعر على وجهه. قبلة الصغير جعلته يرمش بعينيه. تألقت عيناه كما لو كان يحاول تذكر مشاعره.

"الآن بعد أن أصبح بابا معنا، يجب أن نحاول العودة. هيثم ويسرى وبشرى كانوا قلقين للغاية لأنك اختفيت. كان بإمكانك إخبارنا قبل القفز في البركة "، تظاهر ناصر بالغضب من زينب.

"لكن ... لكن ... لم تكن لتسمح لي بالذهاب، لو أخبرتك. أردت أن أرى أبي. كنت على يقين من أنه سيكون هنا. كما ترى الآن، كنت على حق ". مررت زينب أصابعها على شعر بابا المطفأ.

"كيف تمكنت من الوصول إلى هنا، عزيزي ؟ هل تمكنت من السباحة طوال الطريق ؟ فتاة شجاعة!" على الرغم من انزعاجه من مغامرة زينب بمفردها، إلا أنه هنأها على شجاعتها.

"لم أتمكن من النوم ليلة أمس. كنت أتوق كثيراً لرؤية أبي. شعرت بخيبة أمل عندما عدت بقصة أنك وصلت إلى طريق مسدود. بينما كنت مستلقية في الخيمة، كنت أفكر في كيفية الوصول إلى بابا. لقد اتخذت قراري بمجرد اقتناعي بأنني سأكون قادرًا على الاستفادة

من معدات الغوص. كنت متأكدًا من أنك إذا عرفت، فسوف تعترض وتمنعني من الدخول إلى البركة "، قالت زينب ببريق شقي في عينيها.

"في أي وقت قفزت ؟"

"لا أعرف عن الوقت. لكن الشمس لم تشرق بعد وكانت مظلمة في كل مكان ".

"يجب أن يكون وزن أسطوانة الأكسجين أكثر من اللازم عليك. من المقدر أنك لا تزال قادرًا على السباحة ". شعر ناصر بالفخر بأخته.

"لا شيء عظيم. حتى الإلهاء كان الأمر على ما يرام. بما أنك أخبرتنا أن الجانب الأيمن يؤدي إلى طريق مسدود، أخذت الشوكة اليسرى من الشوكة. ولكن سرعان ما كنت متعبًا ومرهقًا تقريبًا. ربما فقدت الوعي ".

"ثم كيف وصلت إلى هنا ؟" أعرب ناصر عن قلقه.

"لا بد أنني طفت، لحسن الحظ في الاتجاه الصحيح. عندما فتحت عيني، كنت على كتفي بابا. حملني من البركة إلى هنا ".

"كنت أبحث عن بصمات قدمك ولم أتمكن من العثور إلا على مجموعة واحدة من بصمات القدم الكبيرة. كنت أتساءل عما كان يمكن أن يحدث لك حتى وصلت إلى هنا. لذلك، كان بابا يحمل لك. وهذا يعني أنه لا يزال يتعرف على البشر الآخرين ". نظر ناصر إلى والده يبحث عن علامات التعرف في عينيه.

نظر درويش إلى ناصر. أضاءت نظرة الارتباك عينيه.

"أشعر بالجوع. ماذا يمكن أن يأكل بابا في هذا المكان ؟" نقر ناصر على بطنه بإحدى يديه وهو يشير إلى أنه جائع.

يبدو أن درويش قد فهم متطلباته. أشار بإصبعه إلى ورقة مليئة ببعض الفواكه إلى جانب التمر.

كان كل من ناصر وزينب سعيدين لأن والدهما لا يزال قادرًا على فهم إيماءاتهما. أخذ ناصر حفنة من الثمار وقدمها لزينب ودرويش.

"ما هذه الفاكهة بخلاف التاريخ ؟ لم أره من قبل ". سألت زينب عندما التقطت موعدًا وأعطته لوالدها.

"أعتقد أنه عناب. أجاب ناصر: "ثمرة شجرة السدر".

"ما هذا ؟ لم أره من قبل. هل لدينا في قريتنا ؟" كانت زينب فضولية.

"إنها شجرة قديمة تجد ذكرها حتى في القرآن الكريم. لم أره في عمان، لكنني قرأت عنه. تمتلك اليمن والإمارات هذه الأشجار في بعض المناطق. كل جزء من شجرة السدر له قيمة طبية. لها زهور صفراء وفاكهة مستديرة صفراء. تتحول الثمرة إلى اللون الأحمر تقريبًا عندما تنضج، وبالتالي يسميها بعض الناس التمر الأحمر ". تذكر ناصر ما قرأه عن أشجار السدر.

"كيف وجد طريقه إلى هذا الكهف ؟" ردد صوت زينب صدى حيرتها.

"تذكر، من المفترض أن تكون هذه هي القرية المفقودة. لقد بقيت على هذا النحو لعدة قرون ربما دون أي توغل من الكوارث الطبيعية أو اللمسة الإنسانية. لا بد أنه كان هناك منذ العصور القديمة ". أصبح ناصر ثرثارًا عندما يتعلق الأمر بالنباتات والحيوانات. "في عمق اليمن، هناك أماكن تنمو فيها أشجار السدر بكثرة ويشرب النحل الرحيق من أزهار السدر. يقال إن عسل السدر، الذي تم جمعه من النحل، مميز ولذيذ للغاية. وبالتالي باهظة الثمن ".

"يجب أن نجربها مرة واحدة." مررت زينب لسانها على شفتيها عند التفكير في لعق العسل.

بينما كانوا يتحدثون، انخفض ضوء الشمس في الخارج. خرج ناصر من الكوخ ونظر إلى السقف الشاهق. أدرك أن أشعة الشمس التي تدخل من خلال المسام والشقوق قد خفتت.

ثم خطرت بباله الفكرة. كانت السماء مظلمة. والسبب الوحيد المحتمل هو هطول الأمطار. إذا هطلت الأمطار، فقد يصبح من الصعب السباحة مرة أخرى.

صرخ: "زينب، يجب أن نعود إلى أرضنا الآن".

"لكن كيف نأخذ بابا معنا ؟" سألته زينب وهي تخرج من الكوخ.

"الطريقة الوحيدة هي اصطحابك أولاً ثم العودة إلى بابا". كان ناصر قد فكر بالفعل في كيفية المضي قدمًا. "سنشرح لبابا أنه يجب أن ينتظر عودتي. سيفهم بالتأكيد ".

"لكننا لم نقضي وقتًا كافيًا لاستكشاف هذه القرية المفقودة". بدت زينب محبطة.

"آسف يا زينب. يمكننا أن نأتي في يوم آخر مع بابا. الآن من الملح للغاية أن نخرج من هذا الكهف في أقرب وقت ممكن. ستمطر ". وبهذا ذهب ناصر للداخل لمقابلة درويش.

"بابا، ستمطر. سأعود مع زينب. بعد تركها مع أصدقائنا، سأعود لأخذك. يرجى البقاء في الكوخ حتى أعود ". تحدث ناصر ببطء وهو يلتقط كل كلمة حتى يفهم والده.

التزم درويش الصمت. ولكن عندما رأى زينب تدخل، أومأ برأسه.

كانت زينب متحمسة. "لقد فهم بابا. بابا الحبيب!" عانقت والدها ثم تبعت ناصر خارج الكوخ.

"أين تركت بدلة الغوص ؟" سأل ناصر زينب.

"لا أعرف. يجب أن يكون في مكان ما بالقرب من البركة. يجب أن يكون بابا قد أزالها مني ". أجابت زينب.

لحسن الحظ، وجدوا بدلة غوص زينب بعيدة قليلاً عن المكان الذي ترك فيه ناصر بدلته. تم الاحتفاظ بها خلف شجرة نخيل.

"سوف نتحرك معًا. عندما تشعر بالتعب، يمكنك الإمساك بيدي والانجراف معي".

جعل ناصر زينب تقفز أولاً ثم تبعها.

سرعان ما وصلوا إلى البركة حيث كان أصدقاؤهم ينتظرونهم بفارغ الصبر. ركض هيثم وبشرى إليهما عندما خرجا من الماء.

خرجت زينب من معدات الغوص وأخرج ناصر خوذته للتنفس في الهواء البارد. سأل هيثم: "أين يسرى؟".

"لقد عادت إلى المنطقة التي أوقفنا فيها الشاحنة الصغيرة للتحدث إلى والدي. كنا خائفين عليك وهنا لا يوجد نطاق للهواتف المحمولة"، أجاب هيثم.

وفي الوقت نفسه، عانقت بشرى زينب للترحيب بأعز صديقاتها. لم تتمكن من العثور على كلمات كافية للتعبير عن سعادتها باستعادة زينب.

"هل وجدت والدك ؟" وجد هيثم أخيرًا الشجاعة لطرح السؤال الحساس على أمل الحصول على إجابة إيجابية من ناصر.

"نعم. هذا هو أفضل شيء خرج من مغامرة زينب. إنه هناك داخل كهف كبير. ضعيف جدا ولكن على قيد الحياة! سأعود الآن لإحضاره ". لم يخف ناصر ارتياحه وسعادته في العثور على والده المفقود منذ فترة طويلة.

"هذه أخبار جيدة". رفع هيثم يديه بسرور. "ناصر، لا بد أنك متعب بعد هذه السباحة لأعلى ولأسفل. دعني أذهب لإحضار العم ".

"الجزء المحزن هو أنه لا يتعرف على أي شخص. إنه لا يتحدث حتى. كنت قد طلبت منه انتظار عودتي على أمل أن يفهم. الآن إذا ذهبت إلى هناك، فربما يكون متشككًا فيما حدث لي وقد لا يوافق على القدوم معك ".

"حسنًا، أنا أفهم. أنت على حق. تناول شيئًا لتأكله أو تشربه للحصول على بعض الطاقة ".

هذا عندما سقطت عليهم أول قطرات من المطر.

الفصل الثامن عشر
الكارثة

جلس الأصدقاء الأربعة داخل الخيمة. كان الجو بارداً. خارج المطر كان يكتسب زخماً لا يظهر أي علامات على التراجع.

"مستوى المياه في البركة آخذ في الارتفاع. قال هيثم وهو ينظر إلى الخارج فوق البركة: "إذا لم يتوقف المطر قريبًا، فستصل المياه إلى خيمتنا".

"هل ننتقل إلى مناطق أعلى ؟" سألت يسرى.

"سيكون ذلك أفضل. بمجرد امتلاء هذه المنطقة بالماء، سيكون من الصعب المشي. لذلك، دعونا نتحرك نحو المنطقة التي يوجد فيها مكان الالتقاء ".

"هذه فكرة جيدة. ثم يمكننا الجلوس داخل موقع الالتقاء. من المؤكد أن الأمر سيكون أكثر أمانًا من هنا "، وافقت يسرى على اقتراح هيثم.

"ماذا عن الخيمة ؟" نظرت بشرى إلى هيثم للحصول على رد إيجابي.

"دعها تكون هنا. قال لها هيثم: "سنأخذ الأشياء الأخرى ونغادر الآن". "إذا نجت الخيمة من المطر، فستكون بمثابة معلم لناصر عندما يعود."

"هل سنتحرك قبل أن يعود أبي وأخي ؟" كانت زينب قلقة.

"لا يمكننا انتظارهم هنا يا زينب. انظر إلى الطريقة التي يرتفع بها مستوى المياه. يجب أن نذهب إلى مكان آمن قبل فوات الأوان. يمكنني العودة إلى هنا لانتظار أخيك "، هدأ هيثم زينب.

"إلى جانب ذلك، بحلول ذلك الوقت، يجب أن تصل ماما وبابا إلى هنا. عندما تحدثت إليهم آخر مرة، كانوا بالفعل في طريقهم.

لكن لا بد أن الأمطار تجعل سفرهم صعبًا ". هدأت كلمات يسرى زينب.

حزموا حقائبهم. كان على هيثم ويسرى حمل الجزء الأكبر من الأمتعة. بالنسبة للفتاتين الصغيرتين، كان من الصعب المشي في المطر وهو يحمل الكثير من الأشياء.

وببطء شقوا طريقهم نحو المكان الذي أوقفوا فيه الشاحنة.

احتفظوا بالأطعمة داخل المقصورة. تم وضع الأشياء الأخرى في الخلف وتغطيتها بقماش مشمع. ثم دخلوا الشاحنة.

استمر المطر. أعطى عويل الرياح التي تتحرك عبر الأدغال شعوراً غريباً.

"متى سيأتي ناصر مع بابا ؟" كانت زينب تشعر بقلق متزايد.

"سيستغرق ناصر ساعة على الأقل للوصول إلى بابا ثم ساعة أخرى للعودة. لا نعرف مدى صعوبة المياه مع دخول كل مياه الأمطار هذه. أجاب هيثم لتهدئة التوتر المتزايد في زينب.

ساد الصمت لبعض الوقت.

فاجأهم الخاتم المفاجئ للهاتف المحمول. كان هاتف يسرى. التقطته. كان سليمان على الهاتف، يحاول فهم وضعهم. وأكد أنه على الرغم من الطريق المعوج، يجب أن يصلوا إليهم في غضون عشرين دقيقة أو نحو ذلك.

كانت أخبار وصول فريق الإنقاذ من القرية مصدر ارتياح كبير للأطفال. كان من الأفضل دائمًا الحصول على مساعدة كبار السن في مثل هذه الحالات.

قالت يسرى لهيثم: "الشيخ أحمد مع عمه عبد الله وعمه حبيب سيأتون أيضًا في سيارة أخرى".

"سيكون ذلك جيدًا. كل من عم عبد الله وعم حبيب سباحان جيدان ". تذكر هيثم مسابقة السباحة في العام السابق في القرية.

"لماذا يجب أن يكون هناك سباحون جيدون ؟ لماذا نحتاج إلى أي سباحين الآن ؟" كانت زينب متوترة بعض الشيء.

"لا تقلقي يا زينب. لقد ذكرت ذلك للتو لأن هناك مياه في كل مكان حولنا بسبب الأمطار. سيصلون إلى هنا قريباً. ثم يمكنني اصطحابهم إلى منطقة البركة لانتظار ناصر ". أخبر هيثم زينب.

"ناصر وأبي أيضًا!" شددت زينب على كلمة بابا.

"بالطبع يا عزيزتي. كلنا ننتظر رؤية عم درويش. لقد مر وقت طويل ". كسرت يسرى شعر زينب بحنان.

ثم رأوا الأضواء الأمامية القادمة من أعلى التل. كانت السيارة تتحرك ببطء فوق الأنقاض على الطريق المنحدر. تمايلت الشاحنة الصغيرة وهزت على الطريق المتهالك. أخيرًا، وصل إلى الأسفل. تبع برادو عملية الالتقاء.

دون أن يزعجهما هطول الأمطار الغزيرة، قفز هيثم ويسرا من سيارتهما. بقي الصديقان الصغيران داخل السيارة يطيعان تعليمات يسرى. شاهدوا سليمان وفاطمة ونرجس يخرجون من السيارة الأولى.

دخلت نرجس مباشرة إلى الشاحنة الصغيرة ودخلت بجانب زينب. عانقت زينب والدتها. "رأيت بابا ... رأيت بابا حقًا!" تمكنت من الصراخ على الرغم من أنها كانت تبكي.

"كيف حال والدك ؟" قبّلت نرجس زينب على وجهها.

"إنه ماما جيدة. لكنه لا يتحدث بأي شيء. ربما سيبدأ في التحدث عندما يراك ".

"أنت على حق. بابا المسكين. لقد مر وقت طويل. دعونا ننتظر عودته مع ناصر ". كانت نرجس أيضًا على وشك البكاء.

قرر الرجال الخروج إلى منطقة البركة للتحقق من الوضع. طلبوا من السيدات البقاء في السيارة مع الأطفال.

قاد هيثم الطريق. تبعه سليمان وأحمد وعبد الله وحبيب. لم تكن رحلة النزول مهمة سهلة. أصبحت الصخور زلقة مع مياه الأمطار.

وصلوا بصعوبة إلى المنطقة التي ربط فيها الأطفال خيمتهم. فوجئ هيثم بالمنظر الذي استقبلهم.

امتلأت المنطقة بأكملها بالماء. لم يتمكن من معرفة مكان البركة. لم يعد من الممكن رؤية خيمتهم. كانت تشبه بحيرة شاسعة.

"ماذا يجب أن نفعل الآن ؟" نظر هيثم إلى الشيوخ.

"أين البركة التي تحدثت عنها ؟" سأل سليمان.

"كان في مكان ما هناك." أشار هيثم إلى سبابته. "كان هناك. لكن الآن ابتلعت المياه كل شيء. من الصعب التحديد. لقد تركنا خيمتنا كمعلم. الآن حتى هذا لا يمكن رؤيته ".

"ماذا تقترح أن تفعل يا حبيب ؟ أنت أفضل سباح ". أدار الشيخ أحمد رأسه لينظر إلى أصحابه.

"يمكننا الغطس لاستكشاف منطقة البركة. بمجرد أن نضع علامة على مباني البركة، يمكننا الغوص للبحث عن ناصر "، طرح حبيب اقتراحه.

"لن تكون قادرًا على السباحة إلى هذا الحد بدون بدلة الغوص. كان لدينا اثنان فقط. كلاهما مع ناصر ". حذر هيثم حبيب.

"لقد أحضرنا بدلتين للغطس. إنه في السيارة. سأعود إلى السيارة لإحضارهم ". قال هذا استدار عبد الله ليعود سيرًا على الأقدام إلى السيارة.

"سننتظر حتى يحضر عبد الله الدعوى. قال أحمد لحبيب: "لا جدوى من المخاطرة بالقفز في الماء".

انتظروا.

في هذه الأثناء، كانت زينب تشرح تجربتها مع بابا والكهف الذي كان يعيش فيه بابا طوال هذه السنوات. استمعت نرجس وفاطمة إليها بفارغ الصبر.

لم تستطع نرجس السيطرة على دموعها عندما وصفت زينب مدى ضعف والدها.

"لا تقلقي يا أمي. ناصر قوي جدا. كان قد طلب من بابا أن ينتظره حتى يعود. كما تعلمون، أومأ بابا برأسه وهو ينظر إلي. هذا يعني أنه فهم ". ربتت زينب على خدي والدتها.

"نعم يا عزيزتي. أنا سعيد لأنك التقيت ببابا. دعونا ننتظر حتى يعيده ناصر إلينا ". رفعت نرجس ابتسامة شجاعة على وجهها.

فوجئوا برؤية عبد الله يعود. فتحت فاطمة النافذة للاستفسار عن الوضع في البركة. شرح عبد الله عن المنطقة المشبعة بالمياه وقرارهم بالبحث داخل البركة. ثم التقط بدلات الغوص وعاد إلى البركة.

أثناء انتظار عودة عبد الله، قرر حبيب أن يغطس لوضع علامة على البركة. دون انتظار موافقة أحمد، أزال ملابسه العليا وقفز في الماء. سبح إلى الأمام بضربات قوية.

فوجئ الشيخ أحمد. هربت لهثة لا إرادية من فمه.

"حبيب!" صرخ.

لم يتمكنوا من فعل أي شيء سوى انتظار عودة حبيب. في هذه الأثناء وصل عبد الله إليهم ببدلات الغوص.

شاهدوا حبيب يسبح حول منطقة البركة. ثم اختفى. كان قد غطس في الداخل. وبينما كانوا ينتظرون بأنفاس خافتة، صعد رأس حبيب فوق الماء. رفع يده للتلويح لهم. سرعان ما كان يسبح عائدًا إليهم.

قام عبد الله أيضًا بخلع ملابسه العليا وارتدى أحد بدلات الغوص. خرج حبيب من الماء. "هذه هي مساحة البركة. إنه عميق جدا. يجب علينا بالتأكيد استخدام بدلة الغوص ".

ارتدى حبيب البدلة الأخرى.

كانوا الآن على استعداد للغوص في البركة. هذا عندما جذبت موجة في منطقة البركة انتباههم.

وبينما كانوا يشاهدون، ظهر رأسان فوق الماء.

الفصل التاسع عشر
لم الشمل

كانوا جالسين على طاولة الطعام وكان وقت الإفطار.

صنعت نرجس *ساخانا*، وهو حساء سميك مصنوع من القمح والتمر والدبس والحليب. على الرغم من أنهم عادة ما يصنعون هذا خلال فترة رمضان، إلا أنها اعتقدت أنه طبق جيد لإعادة درويش إلى عادات الأكل. في الليلة السابقة كان لديه بعض الثمار فقط.

جلست نرجس بجانب زوجها. جلس ناصر وزينب على الطاولة. كانت زينب تراقب والدها بفضول.

حتى الوقت الذي التقى فيه نرجس كان صامتًا. لقد تبع ناصر للتو. ولكن بمجرد أن التقى نرجس، أشرق وجهه. يمكن رؤية بريق التعرف في عينيه. في كثير من الأحيان، فتح فمه كما لو كان يتحدث. لكن لم يخرج أي صوت. ومع ذلك، كانوا سعداء لأنه كان يحاول التحدث إلى نرجس. لقد كانت بالفعل علامة جيدة.

"بابا، كيف تشعر الآن ؟ آمل أن تكون قد نمت جيداً ؟"
سأل ناصر وهو ينظر مباشرة في عيني والده.

هز درويش رأسه كما لو كان ردًا على السؤال.

"لماذا لا تأكل بعض *السخنة* ؟" حثته نرجس على تناول الطعام. "كانت المفضلة لديك خلال شهر رمضان."

أخذت ملعقة وعرضتها على درويش. لكنه تجاهل الملعقة. بدلاً من ذلك، وضع يده داخل الوعاء وغرف القليل من العصيدة لوضعها في فمه. كان من الواضح أنه نسي استخدام الملعقة بعد تناول الطعام بيديه العاريتين طوال هذه السنوات.

سألت نرجس ناصر: "أخبرني بالتفصيل عما حدث أمس في البركة". لم تكن تريد أن يستمر الجميع في التحديق في درويش خشية أن يتوقف عن الأكل.

روى ناصر الأحداث من وقت اختفاء زينب في ساعات الصباح حتى أعادها إلى الخيمة. ثم عاد إلى القرية المفقودة من أجل والده.

"يمكنني السباحة بسهولة إلى بابا. لم أواجه أي مشكلة على الرغم من أنها بدأت تمطر. بحلول الوقت الذي وصلت فيه إلى القرية، كان المطر قد ازداد سماكة. كان مشهدًا جميلًا رأيته هناك ــ المياه تتساقط من خلال جميع الشقوق والمسام على سطح الكهف. ارتفع المستوى في البركة وبدأ في الفيضان إلى منطقة الأرض ". أوقف ناصر روايته للحصول على ملعقة من العصيدة.

"كنت خائفة على بابا وكنت آمل أن يكون داخل الكوخ الذي تركناه فيه. لو كان قد ابتعد، لكانت مهمة صعبة بالنسبة لي أن أجده وسط كل تلك الأشجار والشجيرات. لكن لحسن حظنا جميعًا أنه بقي داخل الكوخ. كان سيرى المنطقة الخارجية تغمرها المياه ولم يجرؤ على الخروج. أو ربما، لا بد أنه فهم ما قلناه له وكان ينتظر عودتي. لكن كانت هناك مشكلة ..."صمت ناصر.

"أي مشكلة ؟" كانت زينب أول من تفاعل. نظرت نرجس بفارغ الصبر إلى ناصر. استمر درويش في أكل العصيدة متجاهلاً ما كان يحدث من حوله.

"نظرًا لأن الكوخ كان على ارتفاع أعلى، كانت المياه في تلك المنطقة تتدفق لأسفل. كان الكوخ هو المنطقة الجافة الوحيدة. تجمع عدد من القطط والمها البرية حول بابا. لم تزعجه هذه الحيوانات. بدا أنهم ودودون معه. أعتقد أنني رأيت بعض الثعالب أيضًا. بدأوا يزمجرون عندما دخلت. من الواضح أنهم لم يحبوا الدخيل. كنت أخشى أن يهاجموني. لكن بابا نهض وسار نحوي وهو يلوح بيده للحيوانات. وبهذا هدأوا ".

"الحمد لله أن الثعالب لم تأت عندما كنت هناك. لكنني كنت أحب أن أرى كل تلك القطط والمها الجميلة ". قاطعت زينب ناصر.

"هذه قطط برية يا زينو. كبيرة جدا. ليس مثل تلك التي نراها هنا ". أشار ناصر بيديه لإظهار حجمهما. ثم نظر إلى والدته واستمر في روايته.

"لقد جعلت بابا يرتدي بدلة الغوص وسرنا إلى حافة البركة. كان ذلك عندما انفجر الصوت المذهل. لم أفهم ما هو. لكنه جعلني أرتجف من الداخل. في تلك الأرض المجهولة يمكن أن يحدث أي شيء. مشيت أسرع وأنا أسحب بابا معي.

"عندها رأيت بعض الصخور تتدحرج من جوانب الكهف. سافرت الصخور نحو البركة. كنت أعرف أنه لم يتبق لي الكثير من الوقت. إذا ارتخيت المزيد من الصخور، فسوف تمتلئ البركة مما يجعل من الصعب علينا السباحة. مشيت بأسرع ما يمكن لأن بابا لا يبدو منزعجًا مما يحدث من حوله. واصلنا التحرك حتى وصلنا إلى البركة. بحلول ذلك الوقت سقطت العديد من الصخور في البركة ".

توقف ناصر عن الحديث وهو يتذكر لحظات عدم اليقين المخيفة. صخرة واحدة كانت كافية لقتل كليهما. لقد تمكن بطريقة ما من الوصول إلى حافة البركة. دون مزيد من التفكير، دفع درويش إلى البركة وقفز من بعده.

"قفزنا إلى البركة معًا"، استأنف قصته. "اضطررت إلى سحب بابا معي في الماء. كان مترددًا في السباحة معي. بمجرد أن اعتاد على حقيقة أنني كنت أقوده إلى بر الأمان، تبعني. لكنني لم أترك يده خشية أن يبتعد. أصبحت المياه مضطربة للغاية. يجب أن يكون تأثير الصخور المتساقطة. كنت أخشى أن يحدث زلزال. على أي حال، لم يكن ذلك.

"كان الاضطراب يجعل من الصعب علينا المضي قدمًا. مع مرور الوقت، كان لدي شكوك حول توافر الأكسجين في أسطوانتي. لقد استخدمته لفترة طويلة. ثم ما كنت أخشاه حدث ــ أصبحت الأسطوانة فارغة ".

"يا إلهي!" هربت لهثة صاخبة من زينب. "ماذا فعلت ؟ ماذا عن أسطوانة بابا ؟"

"كان بابا على ما يرام لأن ذلك لم يستخدم بقدر ما استخدمته أنا. لحسن الحظ بالنسبة لي كنا قد وصلنا بالفعل إلى مفترق الطرق. لم يكن بعيدًا جدًا عن هناك. استطعت أن أحبس أنفاسي وأصل بالبركة إلى السطح. كان من المريح إخراج رأسي من الماء ". نظر ناصر إلى درويش ليرى رد فعله.

رفع درويش رأسه وأومأ برأسه إلى ناصر. أخرج يده من الوعاء وأظهر علامة الإبهام لأعلى.

جلب ذلك الابتسامات على وجوه نرجس وناصر وزينب. لقد فهم درويش ما كان يتحدث عنه ناصر.

"أنا ... أنا سعيد!" تمتم درويش.

"هذا رائع يا عزيزتي!" ربتت نرجس على ظهر زوجها وهي تدلكه قليلاً. لم تستطع إخفاء غبطتها في سماعه يتحدث بضع كلمات أخيرًا.

نظروا إليه وهم يتوقعون منه أن يتحدث أكثر. لكنه لم يفعل. وبدلاً من ذلك، استأنف أكل ساخانه بيده.

"بابا، بابا نحن سعداء أيضًا." حثته زينب على التحدث أكثر. "الآن أنت معنا يمكننا القيام بالكثير من الأشياء معًا. لقد كنت أنتظر أن ألعب معك يا عزيزي بابا ".

أقوال زينب جعلت درويش ينظر إليها. أومأ برأسه مرة أخرى. شاهد زينب تأكل العصيدة بملعقتها. ثم التقط الملعقة أيضًا ليغرفها من وعاءه.

كان درويش يعود ببطء إلى طبيعته. أصبح الجو في المنزل أكثر مرحًا مع كل من أفعاله. من الواضح أنه استمتع أيضًا بصحبة عائلته. كان الإدراك بأنه لم يعد وحيدًا قد بدأ.

عندما ظهر ناصر مع درويش، اندلعت حفلة الترحيب من الفرح. سعادتهم لم تعرف حدوداً. على الرغم من الطقس السيئ، تمكن ناصر من إعادة والده. عاد صديقهم المفقود منذ فترة طويلة.

خرج حبيب من بدلة الغوص وركض في الماء. تبعه عبد الله أيضًا. قدموا يد العون لناصر ودرويش حتى يمكن سحبهما من المياه المتصاعدة. قادوهم نحو الأرض الجافة.

لم يهدأ المطر ؛ كانت المياه في تلك المنطقة لا تزال ترتفع واستمر الهدر. بصرف النظر عن صوت الرعد البعيد، كان الهدر داخل البركة مخيفًا. كان عليهم أن يسرعوا قبل أن يحدث شيء مؤسف.

سارع الرجال إلى سياراتهم حيث كانت السيدات ينتظرن بفارغ الصبر.

ثم كان لم شمل سعيد بين الزوجة والزوج. دون أن تهتم بالناس من حولها، عانقت نرجس زوجها. وقف درويش هناك بلا مشاعر على وجهه.

وحثهم أحمد على ركوب المركبات حتى يتمكنوا من الابتعاد عن ذلك المكان قبل وقوع أي كارثة. ركب الأطفال سيارة عبد الناصر أثناء قيادة هيثم. كان لا بد من السماح لناصر بالراحة بعد المغامرة المملة تحت الماء التي خاضها للتو.

أخذت نرجس درويش معها في سيارة سليمان. جلست فاطمة في الأمام، وسمحت لهم بالجلوس خلفهم. سرعان ما عادوا إلى قريتهم. استمر المطر حتى وقت متأخر من الليل. في وقت ما خلال الساعات الأولى، توقف.

أشرقت الشمس بكل مجدها في اليوم التالي على الرغم من تأخرها قليلاً. جلبت أشعة الشمس الراحة للقرويين. كان من شأن هطول المزيد من الأمطار أن يضر بمحاصيلهم.

الفصل العشرون
مكتبة القرية

"لقد كان حلمًا للأطفال أن يكون لديهم مكتبة في القرية. الآن أصبح حقيقة. أغتنم هذه الفرصة لأعلن أن المكتبة مفتوحة للجميع وأهنئ أطفالنا الذين أخذوا زمام المبادرة لتحقيق ذلك ".

"الآن أدعو صديقنا درويش للتحدث إليك." نظر أحمد إلى درويش الذي كان يجلس بين الآخرين. عندما نهض درويش من مقعده، عاد أحمد إلى مقعده.

جاء درويش إلى الميكروفون. نظر إلى القرويين الذين كانوا ينتظرون خطابه بفارغ الصبر. لقد مر ما يقرب من ثلاثة أشهر منذ عودته إلى القرية. لقد غمره الحب والعاطفة التي أمطره بها مواطنونه. كانوا جميعًا سعداء جدًا بعودته إلى وسطهم.

استغرق بعض الوقت للتكيف مع الحياة الأسرية الطبيعية. حتى بعد أن انسجم بشكل جيد مع عائلته، كان ينزلق في بعض الأحيان إلى صمت عميق مستعيدًا ذكريات سنواته الطويلة في العزلة.

بالنسبة لدرويش، كانت ابنته العزيزة زينب وحيًا. لقد استمتع بمزاح الصغير المرح. أمضى بعض الوقت يناقش حياته في القرية المفقودة مع ناصر. تأكد نرجس من أنه لم يشعر أبدًا بأنه مستبعد في المنزل وعاد إلى صحته.

حثه أصدقاؤه في القرية على مشاركة تجربته في القرية المفقودة. احتاج إلى وقت لترتيب عملية تفكيره لجمع ما حدث خلال كل تلك السنوات، خاصة اليوم الذي اختفى فيه. وعدهم أنه في يوم من الأيام سيخرج بالتأكيد من إقامته لمخاطبة القرويين.

وفي الوقت نفسه، أخذ الأطفال الذين كانت يسرى في المقدمة زمام المبادرة لتنظيم الكتب للمكتبة. ساعد الشيوخ في بناء غرفة للعمل كمكتبة. تم نقل مجموعة يسرى من الكتب إلى الرفوف في غرفة المكتبة. تم انتخابها بالإجماع لتكون أمينة المكتبة.

طلب الأطفال من الشيخ أحمد القيام بافتتاح المكتبة.

الأشهر الثلاثة التي قضاها درويش مع عائلته بعد لم شمله معهم أعادته إلى الحياة الطبيعية. وافق على التحدث بمناسبة حفل افتتاح المكتبة. كان عقله صافياً واستمتع بكل لحظة قضاها مع عائلته.

"شكرًا لكم، أصدقائي وأطفالي الأعزاء. أفضل أن أقول عائلتي العزيزة. لقد ساعدني الحب الذي أمطرتني به على العودة إلى الحياة الطبيعية "، خاطب درويش التجمع الصغير أمامه. لاحظ أن كل واحد منهم كان يراقبه بفارغ الصبر لسماعه.

واستمر في الحديث عن تجربته.

"لا يمكنني أبدًا أن أنسى اليوم الذي ذهبت فيه إلى وادي بات. لا بد أن البركة كانت هناك منذ العصور القديمة. كانت مخبأة هناك في وسط الشجيرات والأشجار الكثيفة. لم يذهب أحد إلى ذلك المكان سوى واحد ..."توقف درويش لتمشيط عينيه بين الجمهور. لم يتمكن من رؤية الشخص الذي كان يبحث عنه في أي مكان حوله.

"الشخص الوحيد من قريتنا الذي كان في البركة كان عزيزنا علي". وبينما كان يتحدث بهذا الاسم، كان من الممكن سماع لهيث مشترك بين القرويين. لقد فوجئوا جميعًا.

"نعم، كان هذا هو الرجل الوحيد الذي كان يذهب إلى هناك بانتظام تقريبًا. في ذلك اليوم بدلاً من القيادة، قررت السير لمسافة طويلة على طول الوادي. في الطريق، قابلت علي وقادني إلى البركة داخل الغابة. أخبرني أنه اعتاد الاستحمام في البركة مرة واحدة. لقد حذرني من التعمق في البركة لأنها لا نهاية لها تقريبًا ويمكن أن تكون محفوفة بالمخاطر. أنا أيضًا غطست في البركة. جعلني فضولي أسبح بعمق دون الانتباه إلى تحذير علي. كان هذا هو تفكيكي. في مكان ما في عمق البركة، لا بد أنني فقدت الوعي وانجرفت إلى القرية المفقودة. لست متأكدًا مما حدث بالفعل. ولكن عندما فتحت عيني، كنت في القرية. أعتقد أنني فقدت وعيي. بعد ذلك عشت هناك.

"ليس لدي ذاكرة واضحة لما حدث خلال كل تلك السنوات التي قضيتها وحدي. لكنني أتذكر المكان جيدًا. أخيرًا، يجب أن يكون مشهد أطفالي قد سمح لأعصاب ذاكرتي بالوخز ".

واستمر في وصف القرية المفقودة والوقت الذي قضاه مع القطط البرية والمها والثعالب للشركة. أكل ما كانت تأكله تلك الحيوانات — التمر والعناب والمانجو والليمون وأنواع كثيرة من الأوراق. ليس لديه ذاكرة عن أي شيء آخر غير القرية التي ظل يعيش فيها حياة الناسك.

كانت لديه ذكريات باهتة عن الأمطار الغزيرة التي ضربت القرية وكيف تتجمع جميع الحيوانات حوله داخل الكوخ. كان هناك العديد من الأكواخ المتهالكة حول تلك الشهادة على حقيقة أنه ذات

مرة كان هناك بشر يعيشون هناك. يجب أن تكون الفيضانات والصخور المنزلقة قد طردتهم من هناك أو ربما لقوا حتفهم جميعًا.

"أنت تعرف ما حدث خلال اليوم الذي أخرجني فيه ناصر من البركة. لا بد أنها كانت واحدة من أسوأ الأمطار. غمرت المياه تلك المنطقة بالكامل وانزلقت الصخور السائبة إلى البركة. لا يكاد يكون هناك أي طريقة للبحث عن القرية المفقودة بعد الآن. لقد ضاعت الآن إلى الأبد ".

انتظر درويش رد الحضور. لكنهم كانوا جميعًا يستمعون بصمت إلى قصته.

"أعلم أن العديد منكم كان سيحب الذهاب لرؤية القرية المفقودة. لكن لم يعد ذلك ممكنًا. يستطيع ناصر أن يخبرك كيف هربنا بصعوبة من الصخور المنزلقة داخل البركة. كانت الصخور تتدحرج في البركة. سيكون من الحماقة محاولة العثور على مدخل لأنه في جميع الاحتمالات أصبح فخًا أبديًا. أفهم من الشيخ أحمد أنه في اليوم الذي فقدت فيه كانت هناك أمطار غزيرة مماثلة. ربما كان من قبيل المصادفة أنني ذهبت في يوم ممطر وعدت مع الأمطار!"

أوقف درويش عنوانه. لوح للناس أمامه الذين كانوا يهتفون له وعاد إلى مقعده.

رتب الشيخ أحمد غداءً مجتمعياً. تجمع القرويون في مجموعات يتحدثون مع بعضهم البعض ويستمتعون بالطعام.

بحلول المساء، انضم هيثم وفاطمة وبشرى إلى أصدقائهم في منزل درويش. وكانوا قد خططوا لعقد اجتماع بعد افتتاح المكتبة.

بناءً على إصرار الأطفال، انضم درويش ونرجس إلى نقاشهما.

"بابا، لماذا لم ينبه علي القرويين في اليوم الذي اختفيت فيه في البركة ؟ لقد كنت صديقه الوحيد "، طرح ناصر شكوكه.

"لقد ناقشت مع علي منذ بعض الوقت. كان سعيدا جدا لرؤيتي مرة أخرى. أخبرني أنه في اليوم الذي اختفيت فيه في البركة كان قد جلس هناك طوال الليل على الرغم من أنها كانت تمطر بغزارة. كان يأمل أن أعود. لكن الأمطار كانت غزيرة لدرجة أن المنطقة بأكملها غمرتها المياه. لم يتمكن من الدخول إلى البركة للبحث عني. كان متأكدًا من أنني ضائع في مكان ما في أعماقي لأن جسدي لم يطفو على السطح. اعتاد أن يذهب إلى البركة مرة واحدة على الأقل في الشهر للبحث عني. علي هو في الواقع روح محبوبة لطيفة للغاية "، يتذكر درويش لقائه مع علي.

"بابا، أنا أيضًا لدي شك واحد ـ في حلمي كنت أرى غرابًا أسودًا كبيرًا وكنت تطعم الطائر داخل القرية المفقودة. الآن بعد أن تحقق حلمي، ماذا يمكن أن يكون معنى هذا الغراب الأسود ؟" مدت زينب يدها لتلمس يد والدها.

"غراب أسود في المنام يمكن أن يعني فأل شرير. لكنك كنت تراني أيضًا أطعم الغراب من أجل تهدئته لجعله جيدًا. هذه هي الطريقة التي أفسر بها حلمك. كان اختفائي كارثة. ولكن بعد ذلك تحولت الأمور ببطء إلى الأفضل، أليس كذلك *يا حبيبي* ؟" ربت درويش بحب على يد ابنته.

"عمي، أنت الوحيد في قريتنا الذي يتمتع بخبرة كبيرة في السفر داخل عمان. لماذا لا تكتب كتابًا عن رحلاتك ؟" كانت يسرى هي التي طرحت السؤال على درويش.

"أنا لست راوي قصص جيد. [محايد]: أدون في مذكراتي كل حدث على أساس يومي. وبطبيعة الحال، فإن السنوات العشر الماضية ستكون فارغة. أجاب درويش: "يجب أن تكون اليوميات القديمة لا تزال موجودة في مكان ما في المنزل".

"أعتقد أن يسرى يمكنها كتابة كتاب. لقد قرأت العديد من روايات العديد من الكتاب البارزين. يجب أن يأتي فن الكتابة إليها بشكل طبيعي،"كان لدى ناصر كلمة ثناء على يسرى.

"لا تملق ناصر كثيرًا!" نظرت يسرى إلى ناصر بخجل بعض الشيء. "أردت أن أكتب عن مغامرتنا إلى قرية وادي بات المفقودة. أعتقد أنه يمكنك أنت وزينب إخباري بالمزيد من التفاصيل عن الأشياء التي حدثت لك هناك ".

"أنا مستعد للحديث عن ذلك أي عدد من المرات. قالت زينب بحماس: "أستمتع بلحظات نظري الأول للبابا العزيز".

وافق ناصر: "أنا أيضًا مستعد". "لكن يجب عليك قضاء المزيد من الوقت مع بابا حتى تتمكن من جعله يتذكر المزيد عن القرية. سيمنحك ذلك ميزة في تفصيل القرية المفقودة ".

نظرت يسرى إلى درويش. أومأ برأسه.

صفق بشرى بيديها: "قريباً ستصبح أختي مؤلفة معروفة".

"عطلتنا القادمة على وشك الحدوث. إلى أين نخطط للذهاب ؟" سألت زينب. "بابا يجب أن تخطط لأخذنا جميعًا."

ابتسم درويش لابنته. "لم لا ؟ يمكننا جميعًا الذهاب إلى أماكن لم نذهب إليها من قبل. يجب أن تكون الرحلة التي تستغرق يومين جيدة بما فيه الكفاية ".

شعر الأطفال بسعادة غامرة. نظروا جميعًا إلى درويش لسماعه.

"إلى أين سنذهب يا عمي ؟" سألت بشرى.

"سنخطط للذهاب إلى الأعلى ثم إلى الأسفل ثم إلى الأعلى مرة أخرى. أين يمكننا القيام بذلك ؟ أخبرني. دعني أرى من يعرف عن الأماكن في بلدنا ". وضع درويش لغزًا أمام الأطفال.

"أعرف"، رفعت نرجس التي كانت هادئة يدها فجأة. كانت كل العيون عليها.

"جبل الأخضر وكهوف الهوتا وجبل شمس! مرتفع- منخفض- مرتفع! جيد بما فيه الكفاية بالنسبة لك يا درويش ؟" أجابت نرجس بفرح.

"هذا رائع. حصلت أمي على الأفضل من بين جميع الأطفال!" صفق درويش بيديه.

"ستكون هذه رحلة رائعة. لم نذهب أبدًا إلى هذه الأماكن ". لم تستطع بشرى إخفاء فرحتها.

"لقد قرأت أن هذه أماكن رائعة. أخيرًا، سنحصل على فرصة لرؤيتهم "

"تم تسوية الأمر إذن. سنخطط للرحلة. يمكننا تحديد التواريخ وفقًا لعطلتك. ولكن هناك شيء واحد أريدكم جميعًا أن تفعلوه قبل أن نبدأ الرحلة ".

"ما هذا ؟ بالنسبة للرحلة، سنفعل أي شيء تقوله "، قبلت زينب التحدي.

"يجب أن تقرأ عن هذه الأماكن. كل شيء مهم عنهم. ما يجب أن نراه وأين يجب أن نذهب والتاريخ وراء هذه الأماكن. يجب أن تكون مستعداً تماماً للرحلة. في هذا الصدد، بالنسبة لأي رحلة، يجب عليك القيام بالتخطيط المسبق لتجنب خيبة الأمل في مرحلة لاحقة ".

استمروا في التحدث بحماس، متطلعين إلى مغامرتهم القادمة.